Gabriele Reuter

Das Tränenhaus

Roman

Gabriele Reuter: Das Tränenhaus. Roman

Erstdruck: Berlin, Fischer, 1908. Hier nach der Neubearbeitung von 1926, ebenda.

Neuausgabe
Herausgegeben von Karl-Maria Guth
Berlin 2017

Umschlaggestaltung von Thomas Schultz-Overhage unter Verwendung des Bildes: Gabriele Reuter, München, 1896.

Gesetzt aus der Minion Pro, 11 pt

Verlag: Henricus - Edition Deutsche Klassik GmbH
Mörchinger Str. 33, 14169 Berlin, info@henricus-verlag.de
Druck: Libri Plureos GmbH, Friedensallee 273, 22763 Hamburg

ISBN 978-3-7437-0446-6

Bibliografische Information der Deutschen Nationalbibliothek

Die Deutsche Nationalbibliothek verzeichnet diese Publikation in der Deutschen Nationalbibliografie; detaillierte bibliografische Daten sind im Internet über www.dnb.de abrufbar.

1.

Das kleine Haus lag in einer freundlichen Wiesengegend Württembergs. Oben auf dem höchsten Punkt des lang hingestreckten Hügels hob ein graues Grafenschloß seine Dächer über das Grün der Parkbäume, die Dorfstraße mit den Bauernhöfen zog sich über den Rücken der Erdhebung. Unten, wo der helle junge Fluß durch Weidengebüsch und über weiße Kiesel plätscherte, gab es noch eine zweite Straße. Hier wohnten nur arme Weiblein in bescheidenen Hütten, mit winzigen, blumenreichen Vorgärten.

Das kleine Haus aber lag ganz allein und abseits von den beiden Dorfstraßen, am linken Abhang des Hügels, in seine Flanke gleichsam verschüchtert hineingedrückt. Der Weg, der vom Dorf zu ihm hinunter führte, war steil und steinicht, voller Löcher und Pfützen. Rechts und links neben den Schlehdornhecken wuchs ein Gestrüpp von Brennnesseln. Alles zeigte, daß niemand ein Interesse daran nahm, den Pfad in gangbarem Zustande zu erhalten. Er führte ja auch nur zu einem Gehöft notorisch verkommener armer Leute, und weiter zu dem kleinen Häuschen, von dem die Frauen im Dorf mit einem gewissen halblauten Ton der Scheu redeten, und die Männer mit einem zweideutigen Grinsen.

Freundlich genug schaute es aus unter dem großen blühenden Birnbaum, durch den die Bienen summten. Helle Gardinen hingen vor allen Fenstern, und seine stattliche Eigentümerin stand meistens würdevoll vor ihrer Türe, irgend etwas Gutes zwischen ihren großen weißen Zähnen behaglich kauend, während die kleine Schar ihrer Gäste um sie her auf der Schwelle oder auf der Bank an der Hauswand zu hocken pflegte, gähnend, träumend oder schwatzend, wie es sich eben fügen mochte.

Die Gäste waren das Bedenkliche in diesem kleinen Hause, von dessen Türe man unendlich weit ins Land schauen konnte, über das heitere Flüßchen hinweg, bis zu den duftigen Umrissen der Schweizeralpen fern am wolkigen Horizont, und das doch trotz dieser weiten und freien Aussicht so schüchtern sich hinter der Hügelflanke versteckte.

Scheue und stille Gäste waren es, die das kleine Häuschen beherbergte. Meistens trafen sie in der Dämmerung bei der stattlichen Frau Uffenbacher ein. Ein trübes Geheimnis umgab sie, die blassen Mädchen mit unförmigen Gestalten, die zu zweien und dreien in den einsamen Feldwegen spazieren gingen, bis sie eines Tages wieder verschwunden waren. Nach solchem Verschwinden tauchte in der unteren Straße bei den armen Witwen in einem der bunten Vorgärtchen ein neuer Kinderwagen auf, und der scheue Gast ließ dem Dorf einen munter krähenden Erdenbürger als Pfand seines Besuches zurück.

Frau Uffenbacher aber zählte zufrieden einige Goldstücke und schloß sie in ihre Kommode. Sie hatte kürzlich, um mit der Neuzeit fortzuschreiten und ihrer Anstalt einen höheren Aufschwung zu verleihen, Inserate in verschiedenen großen Blättern erscheinen lassen. Es waren auch Prospekte gedruckt worden. Gebildeten Damen höherer Stände, welche sich für eine Zeitlang von der Welt zurückzuziehen wünschten, waren darin alle Vorteile, die ein mehrmonatlicher Aufenthalt in dem gastlichen Hause von Frau Uffenbacher bot, mit unwiderstehlicher Liebenswürdigkeit auseinandergesetzt worden.

Frau Uffenbacher suchte einen dieser Prospekte aus der Schublade ihres Wohnzimmertisches hervor, wo sich zwischen Brotrinden und Wurstschalen, Haarnadeln und sehr fettigen Spielkarten ein Fläschchen Tinte, ein Löschblatt und ein Federhalter befanden. Sie setzte ihre gewichtige Brille auf, und rief die zur Zeit bei ihr weilenden jungen Mädchen, das Annerle von Pfaffenhofen, die Schweizer-Mari und die bayerische Toni herbei, sowie ihre Magd, die Hanne, die ein dickes rotes Ziehkind auf ihren dicken roten Armen schaukelte. Ohne diese Hilfe wäre es Frau Ursula Uffenbacher nicht möglich gewesen, einen so bedeutungsvollen Brief zu schreiben, wie es jetzt geschehen mußte. Sie legte sich feierlich einen Papierbogen auf dem Löschblatt zurecht, rückte ihn rechts und rückte ihn links, leckte die Feder, putzte die Brille, schaute darüber hinweg auf das Annerle von Pfaffenhofen, ein molliges blondes Fräulein, das schmunzelnd in dem Prospekte las, und fragte etwas unsicher: »Sag', Annerle, meinscht, die Anfrag' ischt von einem Herrn? Ja, soll ich da adressieren: Sehr geehrter Herr oder sehr geehrtes Fräulein? Eine bessere Herrschaft ischt's jedenfalls – da müßt ihr euch schon zusammennehme, das sag' ich euch, ihr Baggasch!«

»Zeigen Sie den Brief her, Frau Uffenbacher!«

Cornelies Anfrage, die sie auf das in der Zeitung gefundene Inserat hin an Frau Uffenbacher gerichtet hatte, ging von Hand zu Hand und erregte eine lebhafte Meinungsverschiedenheit.

»So sachgemäß fragt nur ein Herr – und zwar ein Geschäftsmann«, erklärte Annerle, »ich kenn' mich da aus! Und die Handschrift – ja – und doch, wenn ich's recht bedenk' ...«

Die Schweizer-Mari meinte bedächtig: »Das hat gewiß einen lieben Herrn, der sich um sie kümmert ...«

»Am End' ihr Vater!« überlegte Annerle. »Wisset's – so nach allem fragen – nach dem Bad und so – das tut schon kein Liebhaber – macht mir nix weiß ...«

»Am End' die Mutter!«

»Ach geh' – kennst die Mütter! – Was tun denn die, als weine und schimpfe! Die kümmern sich doch den Teifi drum, was ihre Kinder gut täte in dere Zeit ... Ja, die verheirateten Töchter – die werde gepflegt und gehegt – aber mir arme Luder ... Ha!«

Das Annerle schwang sich auf die Tischkante, baumelte mit ihren Füßen, die in grauen Filzpantoffeln steckten, und las den Brief noch einmal aufmerksam von Anfang bis zu Ende durch. Ihre hellen und klugen, etwas hervorstehenden Augen bekamen dabei einen gesammelten Ausdruck von Nachdenklichkeit. »Ich mein' doch, es ischt eine Frau«, sagte sie dann bestimmt. »Vielleicht eine Verheiratete. Eine Dame. Mädeles paßt auf! Das wird interessant!«

»Die macht doch kehrt, wann's die Räuberhöhlen hier sieht!« bemerkte die bayerische Toni. Hanne puffte sie sofort in die Seite und murrte: »Ihr tut auch gerad', als wär't ihr anders gewöhnt!«

»Sind wir auch!« entgegnete Annerle scharf, während die Toni den Kopf wandte und schwieg.

»Für eure sechzig Mark, dafür ischt's lange gut«, schimpfte Frau Uffenbacher. »Soll ich euch Schneegäns' eine extra Wurscht brate? Ich möcht' mir mehr bezahlen lassen von der hier!«

»Ja, Frau Uffenbacher, da müßten Sie aber auch mehr geben ...«

»Mehr gebe – mein' ich geb' mehr als genug! Ein Brot und ein Backsteinkäs – anders gibt's Sommer und Winter nit bei der Frau Wurzler in Ulm, und die hatte die feinschten Fräuleins. Was wird dann die Neue viel sein? Wird auch nur ...«

Sie brauchte einen sehr derben und volkstümlichen Ausdruck, die gute Frau Uffenbacher. Die Mädchen quiekten ein bißchen aus Schadenfreude und vor Vergnügen an der Unanständigkeit.

Und dann wurde unter der energischen Beihilfe des klugen Annerle, die von Beruf Buchhalterin in einem Warenhause war, die Antwort an die rätselhafte und aufregende Persönlichkeit verfaßt.

»Vergesse Sie nit ›Diskretion Ehrensache‹. Das verlange die Leut'!« rief Annerle zum Schluß, »Ehrensach' mit einem ›H‹«. Sie baumelte vergnügt mit den grauen Filzpantoffeln. Hier unter all den Frauenspersonen – warum sollte man sich's nicht bequem machen?

»Ich werd' als wissen, wie ›Ehrensach‹ geschrieben wird«, sagte Frau Uffenbacher würdig, zeichnete ihren Namen und schob die Antwort, nebst einem der verheißungsvollen Prospekte in den Umschlag. Drauf lehnte sie sich im Stuhl zurück, strich befriedigt mit beiden Händen über ihre gestärkte weiße Schürze, und blickte triumphierend im Kreise umher. »Nu wolle wir veschpern.« Sie nahm Cornelies Brief aus Tonis Hand und legte ihn in die Tischlade, wo ihre diskrete Korrespondenz bei Brotresten und Wurstschalen, Bindfaden, Haarnadeln und den sehr fettigen Spielkarten ihren Platz fand.

Einige Tage später traf Cornelie Reimann in Schopfingen ein. Der verheißungsvolle Prospekt hatte seine Wirkung getan. Sie ging in ihrem langen, sandfarbenen Mantel den Weg vom Bahnhof, vorüber an den kleinen Häuschen der Witwen, in deren Vorgärten je ein bis zwei Kinderwagen standen. Wo die Hütten zu Ende waren, fragte sie eine knochige rothaarige Frau mit einem freundlichen Gesicht nach der Besitzung von Frau Uffenbacher. Ihre Stimme war leise und tonlos. Die Frau blickte sie erstaunt an und sah dann schüchtern zur Seite, während sie Auskunft gab. Eine zweite Frau gesellte sich zu ihr. »Ja – will denn die zur Uffenbacherin – das ischt doch eine Dam'?« fragte die andere, und die Rothaarige schüttelte bestürzt den Kopf.

»Am End' für ein Verwandtes?« – »Nein, schau – sie ist in der Hoffnung.«

»Ja, ja – schon – – Das sind Geschichte! Da wird die Uffenbacherin sich arg wichtig tun! Gel' sie kommt schon und verzählt! Sie kann doch nichts bei sich behalte! Wirst schon alles höre, Fischerin!«

»Da schau ich heut' abend noch bei dir ein!« flüsterte die Freundin, und die Rothaarige lachte über den Eifer der anderen.

»Komm, Lisle, geh' her, hole ein Brot zur Veschper. Und bring' ein Bier mit!«

Das zierliche Kind hüpfte mit dem Krug davon und hatte die langsam schreitende Cornelie bald überholt. Cornelie sah die reizend gebildeten nackten Füßchen der Kleinen mit den feinen Gelenken vor sich her über den Staub der Dorfstraße tanzen und freute sich der Schönheit ihres leichten Ganges.

»War das deine Mutter?« fragte sie freundlich das Kind. Es schüttelte den Kopf. »Meine Ziehmutter«, sagte es verlegen, am Schürzenzipfel drehend.

»So – deine Ziehmutter«, wiederholte Cornelie. Sie sprach nicht weiter, die Kleine lief davon. Corneliens Schritte wurden müder und müder.

Nur Ruhe finden ...

Nur einen Winkel, der außerhalb, ganz außerhalb ihrer eigenen Welt lag – zu dem gar keine Fäden mehr hinüberführten. Wie dieser Winkel beschaffen sein mochte, war gleichgültig.

Ein warmer Nachmittagssonnenschein wob um die windschiefe Hütte der Uffenbacherin einen feinen Märchenduft, und Tausende von Bienen, die durch die Zweige des blühenden Birnbaumes aus- und einschwärmten, summten friedlich sommerliche Melodien. Eine »Anstalt« in irgendeinem Sinne von modern hygienischem Komfort war dies nun freilich nicht, aber Cornelie war es lieber so. Die Uffenbacherin in ihrer breiten mütterlichen Würde einer »weisen Frau« des Dorfes mißfiel ihr nicht, das Bett des kleinen Zimmers war gut und sauber. So wurde sie schnell mit ihr handelseinig und beschloß, den Sommer über zu bleiben und ihre Stunde hier zu erwarten. Die Mahlzeiten wollte sie auf ihrem Zimmer nehmen. Ein oder das andere Fräulein, das vielleicht im Laufe der Zeit noch einkehren würde oder jetzt schon hier war, – o nur bessere Damen, dafür garantierte Frau Uffenbacher – ja, von denen würde die gnädige Frau nicht das mindeste zu sehen bekommen. Denn ...

Gewiß – das machte Cornelie zur Hauptbedingung, sie durfte in keinerlei Beziehung zu diesen anderen Damen gebracht werden, sie mußte ganz einsam für sich leben können.

»Aber das ischt ja selbstverständlich«, beteuerte die Uffenbacherin treuherzig. »Sehen Sie, gnädige Frau, die Damen sind ja alle auf Dischkretion angewiesen, wie sollte denn eine solche Anstalt bestehe, wenn sie nicht auf Dischkretion gebaut wäre – und überhaupt mein Beruf – eine Hebamm' – da könnte ich ja Geschichte erzähle – da erfährt man ja die Geheimnisse von ganze Familie! Schau'n Sie, da ischt jetzt so ein junges Fräulein bei mir« – sie hob die Hand an den Mund, ihr breites Gesicht erglänzte vor Wichtigkeit, sie senkte die Stimme: »Der Vater besucht sie jeden Sonntag – niemand darf ihn sehen! Der Mann verliert seine Stellung, wenn was verlautet! – Das Ding war siebzehn Jahr – gnädige Frau – da geschehen Verbrechen, wenn man davon reden dürfte ...«

»Also, dann lassen Sie meinen Koffer holen«, sagte Cornelie ungeduldig.

»Darf ich Ihnen auch die Laube zeigen? Der Schloßpark steht den Damen gleichfalls zur Verfügung, die Herrschafte sind nie anwesend.«

Frau Uffenbacher schritt Cornelie voran, das Treppchen hinunter über den kleinen Flur, rechts aus der Tür guckten blonde und braune neugierige Köpfe. Cornelie ging abgewendeten Hauptes vorüber. Sie fragte sich, ob sie dies werde ertragen können? Aber war nicht schließlich alles gleich unerträglich?

Einige Augenblicke später sah sie vor sich ein Bild, das sie seltsam bewegte. Die Laube auf dem Hügel, eine Bretterhütte mit schrägem Dach, von jener einfachen Form, wie altdeutsche Darstellungen aus der Heiligen Schrift sie zeigen, war erfüllt von goldenem Abendlicht. Auf der Wiese, die sie umgab, standen blaue und weiße Blumen auf schlanken Stengeln, die von den schrägfallenden Sonnenstrahlen zu einer unirdischen, gläsernen Schönheit verklärt wurden. In dem goldenen Duft saß ein junges Weib von einer holden Lieblichkeit der Erscheinung. Ihre schmalen und bleichen Hände lagen ihr müde im Schoß, ihre braunen, durchsichtigen Augen blickten durch Tränen über die frühlingsblühende Weite in ein Tal von Schmerzen, das nur ihrem Blicke sichtbar wurde. Und über ihr, am blauen Himmel, unter den schneeglänzenden, goldumsäumten Sommerwölkchen flog gemächlichen Flügelschlages ein großer schwarz-weißer Storch.

»Der hält sich immer hier in der Näh'«, sagte Frau Uffenbacher mit einem fröhlichen Stolz. »Die Freilen füttern ihn. Er gehört ja auch zu uns.«

»Wer ist das Mädchen?« fragte Cornelie leise.

»Das ischt die Rose von Ulm. Hat letzte Woche entbunden. Morgen geht sie heim. Das Kind ischt vor einer Stunde geholt.«

Cornelie stürzten die Tränen aus den Augen.

»Ja freilich«, sprach Frau Uffenbacherin in einem strengen Ton. »'s ischt so – ich sag's alleweil: Ein Wochenbett ischt kein Brautbett! Das bedenkt so ein Mädle nit vorher. Ei – Rösle, muscht nit heule! Kanscht doch jede Woche herüber und das Kleine sehen! Gut hat's das Ding bei der Frau Lebzelter – sauber – da ischt nichts zu sage! Der Herr Papa wird ja doch einmal nachschauen! Na ja ... Denket Sie an die Freilein Toni – das ischt ein Elend ... Ihne wollte doch die Eltern von Eurem Herrn was gebe fürs Kindle ...«

»Ja, Frau Uffenbacher«, sagte die Rose von Ulm in einem gereizten Ton, »ich weiß schon – aber ich will ihr Geld nicht – ich will einen Vater für mein Kind!«

Ihr feines Mädchengesicht zog sich zusammen zu der krampfhaften Energie eines Entschlusses, der mit der Wucht einer fixen Idee ihre Zukunft regieren würde: Ich will einen Vater für mein Kind!

Die Rose von Ulm ... Wie sie dort saß im goldenen Licht, im holden Blühen ihrer unschuldsvollen Schönheit, hätte man der jungen Madonna gern den Göttersohn geglaubt – den Jupiter, der aus Himmelshöhen sich zu ihr niedergesenkt hatte. Doch Frau Uffenbacher flüsterte Cornelie ins Ohr: »'s ischt ein Leutenant – die Eltern wollen's nit leide –

er soll eine reiche Baas freien, eine Tuchfabrikantenstochter aus Reutlingen.«

2.

Cornelie war auf dem Postamt gewesen und hatte dort einen Brief empfangen. Die skurrile Handschrift mit dem großen Schwung der Anfangsbuchstaben, gegen die sie eine leise Abneigung nie hatte überwinden können, auch als sie die Briefumschläge mit dieser Schrift noch in Zärtlichkeit an die Lippen gedrückt hatte ...

Rudi Imgart versicherte sie seiner Freundschaft und bot ihr seine Hilfe an für den Fall, daß sie sie bedürfen sollte!

Ein Almosen ... Cornelie knirschte mit den Zähnen, zerknitterte das Blatt – eine Welle heißen Hasses schlug über sie hin – sie spie aus vor würgendem Ekel. Sie zerriß den Brief in kleine Stücke und streute sie in die Luft. Ihre Glieder zitterten in nervösem Froste. – Auch dieses war nun erlitten und konnte so nicht noch einmal gelitten werden.

Hatte sie immer noch geglaubt, unter allen Irrungen und Krämpfen der Liebe müsse ein Unzerstörbares sie mit diesem Manne ewig verbinden – müsse sich gerade jetzt in seiner Kraft offenbaren ...?

Vorbei – vorbei – vorüber ...

Nun durfte sie den Namen des Mannes aus ihrer und ihres Kindes Zukunft löschen.

Nun lag das Leben vor ihr als ein leeres Blatt, mit frischen, noch nie versuchten Schriftzügen zu bedecken.

Ein neu Beginnen. Cornelie atmete tief. Jetzt wollte sie das Dasein wieder leben. Wollte es mit ganzem Willen auf sich nehmen.

In die Einsamkeit hatte Cornelie flüchten wollen und war, wie in alten Märchen, gleichsam in Schlaf und Traum in ein anderes Leben hinabgesunken, das unter dem hellen Tagesschein, in dem sie bisher gewohnt hatte, sich regte und bewegte, erfüllt war von Gestalten und Schicksalen, von denen sie vorher nicht das mindeste ahnte. Sie war sich ein Einzelfall gewesen – ein Unerhörtes, Niedagewesenes, nie wieder Seiendes, ausgestoßen aus der Gemeinschaft alles Menschlichen,

von dem sie wußte, und das ihr bis heut allein als Menschliches gegolten hatte. Wie weit dahinten lagen nun alle bekannten Begriffe – –
Wie unsicher schienen die Umrisse ihrer Existenz geworden, wie matt und zerflossen, elend gleichgültig die Farben ihres bisherigen Seins – selbst ihrer Liebe, die kaum noch zu ihr zu gehören schien, die ihr über den Rand des dunklen Brunnens, in dem sie zu versinken begann, mit toten, leeren Gespensteraugen nachblickte.

Um sie her, aus dem Dunkel der Nacht, drang es auf sie ein von neuen Dingen, neuen Erscheinungen, die schattenhaft sich durcheinander bewegten und regten und leise raunten von unerhörten Geheimnissen und schweren Gefühlen und von tiefem Wissen, das in dieser Unterwelt verborgen, seiner Auferstehung, seiner Erhebung zum Lichte der Erkenntnis harrte ...

Und doch schien die Sonne auch hier, und die gleichen Blumen blühten wie im Tageslicht – und am Himmel schwebte der gleiche, vertraute Sagenvogel, von dem einst in der eigenen warmen Kinderstube die Mutter Liedchen gesungen und Märchen erzählt hatte. Mit ungeschickten Kinderfingern hatte sie ihm Brosämlein und Kuchenbrocken auf die Fensterbank gestreut, damit er ihr ein Brüderlein oder Schwesterlein bringe. Die schöne Mama hatte daneben gestanden und geheimnisvoll gelächelt ... Und die ersten Schauer des Unbegreiflichen, des großen Wunders des eigenen Daseins hatten an ihr kleines Mädchenherz gerührt, bei jenem befangenen, glücklich-bangen Lächeln der Mutter ...

Die Luft in dem niederen Raume, dessen Decke Cornelie von ihrem Lager aus mit der ausgestreckten Hand berühren konnte, war schwül und dumpfig. Sie hatte am Abend das Fenster öffnen wollen und dabei gesehen, daß die weißen Gardinen, die es so sauber umhüllten, in der Mitte zugenäht waren, gleichsam um jedem Versuch einer Lüftung von vornherein vorzubeugen. Als Cornelie ihre Schere nahm und diese seltsame Naht auftrennte, welche ihr die etwas übertriebene Ordnungsliebe der Frau Uffenbacher angenehm zu bestätigen schien, entdeckte sie den tieferen Grund dieser Maßregel. Das Holz der Fensterumrahmung war so vermorscht, die Haften und Riegel so vom Rost zerfressen, daß die Flügel, sobald sie sie aufzustoßen versuchte, auf der Stelle in die Nesseln, die unter dem Fenster blühten, hinabzustürzen drohten und nur mit einer energischen Anstrengung ihrer Arme noch an diesem Unglücksfall verhindert werden konnten. Augenscheinlich wurde die Tür zur Durchlüftung des Raumes für ausreichend erachtet, und dies war wohl der Grund, daß sich aus der Küche emporsteigend, ein fettiger Schmalzgeruch der Zimmerluft eindringlich mitgeteilt hatte. Trotzdem der Dunst von Speisen Cornelie unerträgliche Übelkeit verursachte, mochte sie doch die Tür nicht offen stehen lassen – sie empfand allzu unbehaglich die Neugier, die draußen lauerte.

Immerhin, eine Nacht konnte man bei geschlossenen Türen und Fenstern verbringen. Morgen, in der Frühe, würde sie zu einem Tischler senden und die Sache auf eigene Kosten richten lassen.

Aber nun wurden nach und nach alle die Gerüche lebendig, die in dem eingeschlossenen kleinen Zimmer schon so lange Zeit gefangen gehalten worden waren.

Aus dem vorsintflutlichen Kanapee krochen uralte Düfte von Menschenschweiß, von dörflichem Knaster und Pfeifenrauch, aus dem wurmstichigen Holzwerk des Waschtisches und der Bettlade, ja aus Kissen und Decken wand sich ein fader, süßlich-ekler Brodem, gemischt aus Moschus, Kamillen, Ammoniak und Karbol. Cornelies geschärfte Sinne vermeinten den Dunst von Blut und Wunden zu spüren – von Blut, das über das Lager geflossen, auf dem sie ruhte – von Wunden, die hier erlitten waren in einsamer Not ... Angst und Ekel beklemmten sie bis zur Atemlosigkeit. Sie warf die Decken von sich und wollte aufspringen – da hielt sie zitternd inne und lauschte ... der Schweiß brach ihr aus, lief ihr in kalten Tröpfchen das Rückgrat hinab. Ein Wimmern drang zu ihr, ein leises, ersticktes Winseln und Weinen, so, als werde es erstickt in den Kissen eines Bettes. Und doch wurde es stärker und stärker, schwoll auf zu jähem Schluchzen, sank zusammen zu ergebenem Weinen, wurde wieder lauter, wurde zum verzweifelten Jammern eines verlassenen, der dunklen Nacht und den dunklen Schicksalsmächten sein Elend klagenden Geschöpfes.

Cornelie starrte mit weitaufgerissenen Augen in die Finsternis. So grauenvolles Weinen hatte sie noch nie vernommen ... Doch, doch – sie kannte jeden Laut – es war ihr allmählich, als höre sie sich selbst, losgelöst vom eigenen Körper, dort drinnen schluchzen ... War es nur eine Stimme? Eine zweite gesellte sich aus größerer Entfernung hinzu – es war nicht mehr ein einzelnes Mädchenweinen – die Klagelaute drangen vom Boden herauf und aus den Mauern hervor – es schien Cornelien, als wimmere das ganze kleine dürftige Haus, als vereinten sich alle Tränen, die in seinem Innern schon geflossen sein mochten, zu einem Regen, der mit geisterhaftem Gewinsel aus den Poren des Mauerwerkes, aus den Ritzen der Dielen, aus den Kissen der Lagerstätten empordrang und hilflos, hoffnungslos, doch unerschöpflich der Nacht und dem Dunkel die Schmerzen klagte, die dem harten Tageslicht verborgen werden mußten.

So viele heiße, liebevolle Herzen hatten hier der Liebe fluchen gelernt, hatten hier in wilden Angstkrämpfen das Muttergefühl in der Brust ersticken und morden müssen.

Was Wunder, wenn der fühllose Mörtel der Wände bebte, wenn das Holz der Dielen, das alle die zahllosen Tränen aufgesogen hatte, ächzte unter dem Brand der salzigen Tropfen ...

Die Stunden vergingen und Cornelie saß aufrecht in ihrem Bette, lauschend auf die geisterhaften Stimmen ihrer eigenen Schmerzen, und sie wurden ihr zu einem Klagestöhnen, das nicht mehr ihr eigenes blieb, das aus fernen, fernen Zeiten durch die Jahrhunderte scholl, gleich einem ewigen, unstillbaren Gesang der Zertretenen, Verlassenen, Besiegten.

3.

Unter den Blinden ist der Einäugige König, hatte Cornelie Reimann gedacht, als die ersten Zeichen zu ihr gedrungen waren, daß ihr Buch: »Beiträge zur Psychologie der Frau«, das vor einigen Monaten erschien, ein gewaltiges Aufsehen machte und sie zu einer Berühmtheit erhob, die sie niemals erwartet hätte. Waren die einfachen Beobachtungen, die sie zusammenstellte, den Menschen so fremd? Es mußte wohl sein.

Hatte nicht sogar der Mann, der sie zu lieben vorgab, sie zerstörend beleidigt, indem er alle Grundbedingungen ihrer Persönlichkeit mißkannte?

Der laue Frühlingstag lockte unter knorrigen, von rosenroten Blüten bedeckten Apfelbäumen auf der Landstraße weiter und weiter zu wandern. Heut zum erstenmal, seit sie besinnungslos vor Schrecken und Not aus dem Hause ihrer Mutter geflohen war, schien es ihr, als schaue sie das Flimmern eines goldenen Fadens, an dem sie sich herauszutasten vermöchte aus dem dumpfen Umherirren, in den dunklen Gängen tausendfacher Qualen. Ein neues Werk – in dem sie vergessen könnte ... Ein Werk, das ihrem Kinde, wenn sie sterben mußte, die Existenz sichern sollte.

Unter dem Tirilieren der Lerchen über den hellgrünen Feldern spann sie an dem Plane und freute sich, wie die Gedanken heller und schärfer wurden, wie logisch Ring sich an Ring fügte.

Als Cornelie heimkam, war die Sonne schon eine Weile untergegangen. Sie sah in der Dämmerung Frau Uffenbacher breit und wuchtig in ihrer kleinen Haustür stehen. Die Hanne war bei ihr und drei der Fräuleins; die Rose von Ulm war am Morgen abgereist. Cornelie hörte lautes, heftiges Schwatzen und zögerte, um einen Augenblick abzupassen, in dem sie unbemerkt die Treppe hinaufschlüpfen konnte. Seit man ihren Zustand offen erkannte, war ihr zumute, als gehe sie nackend zwischen den Menschen hindurch. Sie fühlte deren Blicke wie die Stiche böser Insekten auf ihrer empfindlichen Haut, und bis tief in ihre Brust hinein.

Während sie in der Dämmerung am Himbeergebüsch des Gartens stehenblieb, hörte sie Annerles helle Stimme:

»Jesses, da kommt sie ja schon, Frau Uffenbacher! Hab' ich's nit gesagt, sie wird halt spazieren gegangen sein!«

Cornelie trat langsam näher.

»Ist es schon Essenszeit? Es tut mir leid, wenn ich habe warten lassen«, sagte sie obenhin. Mit einem leichten Neigen des Kopfes wollte sie an der Gruppe vorüber.

»Das geschieht mir aber nit wieder«, schrie Frau Uffenbacher sie an, der Zorn der vollblütigen Frau brach zuweilen ganz unvermittelt aus ihr hervor.

»Was geschieht nicht wieder?« fragte Cornelie befremdet.

»Daß Sie hier fortgehn, ohne mir auch nur ein Wörtle zu sagen, und stundenlang fortbleibe und mir wisse nit, wo Sie sich aufhalte! Das gibt's nit – die Angscht will ich nit noch einmal habbe!«

»Aber – Frau Uffenbacher«, sagte Cornelie irritiert, »warum hatten Sie denn Angst? Ich bin doch ein erwachsener Mensch! Was soll mir denn hier zustoßen? Sind die Landstraßen in der Gegend so unsicher?«

»Ja, was meine Sie denn«, schrie die Uffenbacherin laut und drohend, »in dem Zustand, wo Sie sich befinde, da rennt man doch nit stundelang auf die Landstraß'! Wenn Ihne da was zustößt, und Sie komme im Straßengrabe nieder? ... Nachher hab' ich mit der Polizei zu schaffe! Das könnt' mir passe! Oder Sie krieget's in den Kopf und tun sich ein Leid an! Gar noch! 's wär' nit das erschte Mal!«

Cornelie stand mit gesenktem Kopf und ließ die Scheltworte der wütenden Frau auf sich niederprasseln.

Morgen früh reise ich wieder, dachte sie mutlos. Es muß doch einen Ort geben, wo ich mich unbehelligt verkriechen kann.

Hochmütig sagte sie: »Bitte mir das Abendessen auf mein Zimmer zu senden.« Dann stieg sie, ohne sich umzusehen, langsam und ein wenig schwer die schmale Holztreppe hinauf.

»Was ist denn die – was will denn die!« keifte die Uffenbacherin mit hochrotem Gesicht und schaute sich wütend unter ihren Damen um.

»Ja, Frau Uffenbacher, die läßt sich nicht behandeln, wie wir armen Hascherle!« meinte das Annerle.

»No – wie behandele ich euch denn?« schrie die Uffenbacherin. Die Arme in die Seiten gestemmt, pflanzte sie sich drohend vors Annerle, so daß sie fast erschrecklich anzusehen war, die gewaltige Frau, in dem aus ihr kochenden und polternden Jähzorn.

Es wurde ein wüster, kreischender, tobender Weiberzank, der den lauen Frühlingsabend mißtönend durchhallte.

Cornelie lag oben auf dem tabaksduftigen Kanapee. Die zugenähten Gardinen vor den Fenstern konnten den Schall der Schimpfworte, die hin und wieder flogen, nur wenig dämpfen. Ihre geringe Kenntnis von den volkstümlichen Ausdrücken für die zarten Dinge der Liebe wurde an diesem Abend um eine tüchtige Anzahl saftiger Kernworte vermehrt.

Sie beschloß, am frühen Morgen ihren Koffer zu packen, die für den Monat vorausbezahlte Pension fahren zu lassen und weiter zu ziehen. Konnte sie bei dem Geschrei und Geheul, das hier an der Tagesordnung zu sein schien, ihre Arbeit über das Seelenleben des modernen Kulturweibes mit einiger Wahrscheinlichkeit auf Erfolg zu einem guten Ende bringen?

Und doch schien es ihr beinahe unmöglich, eine neue Unterkunft zu suchen und sich all den fragenden, verwunderten, mißtrauischen Blicken aufs neue auszusetzen. Eine Angst ergriff sie, in der sie aufsprang und mit flatterndem Herzschlag mühsam und bange atmete. Sie trat an das winzige Fenster, hob die Gardine und blickte hinab. Da sah die vornehme Philosophin Cornelie Reimann etwas, das sie noch niemals gesehen hatte: Frau Uffenbacher wendete sich mit einem jähen Schwung ihrer stattlichen Hüften, hob ihre Röcke hoch auf und streckte ihren Pensionärinnen, den gesamten besseren Damen als Zeichen ihrer äußersten Verachtung ihr weißleuchtendes, breites und mächtiges Hinterteil entgegen. Dann verschwand sie unter dem gellenden Entrüstungsschrei der von solchem Schimpf Betroffenen in dem Flur ihrer »Anstalt«, und dröhnend schlug die Küchentür hinter ihr zu.

Der schwarz und weiße Sagenvogel, der, einen zapzelnden Frosch im roten Schnabel, von blauer Höhe herab zugeschaut hatte, schlug gelassen seine schweren Flügel auf und nieder und enteilte zu seinem friedlichen Nest auf der Pfarrscheune.

4.

Das blonde Annerle grüßte mit Ehrerbietung, als sie der Neuen am nächsten Morgen auf dem Flur in den Weg trat. Bescheiden fragte sie, wie die gnädige Frau geschlafen habe.

Auf das kühle Dankwort Corneliens flüsterte sie errötend: »Man schläft nit extra gut hier im Tränenhaus – so heißen wir die verfluchte Hütte ... Ach – gnädige Frau passen gar nicht hierher ...«

Cornelie zuckte ungeduldig die Achseln. »Ich werde wieder abreisen«, sagte sie, und wollte in ihr Zimmer zurücktreten, fügte jedoch im nächsten Augenblick lebhafter hinzu: »Ich verstehe nicht, warum Sie sich die Unverschämtheit dieser schauerlichen Person gefallen lassen. Ich habe mich in ihr geirrt. Sie schien mir anfangs eine verständige und wohlwollende Frau.«

»Ja«, rief Annerle, »so scheint sie, und damit lockte sie uns alle hierher – damit umgarnt sie auch den Geheimrat! Der hält arg große Stücke auf sie und will mir nit glauben, wenn ich ihm sage: ›Herr Geheimrat, Sie sollten die Frau Uffenbacher kennen, wie wir sie kennen! Da würden Sie Augen machen!‹«

»Der Geheimrat?« fragte Cornelie befremdet.

»Der Herr Geheimrat hat dem Vater der Toni die Frau Uffenbacher empfohlen, und darum *will* er nun nicht die Wahrheit hören – so sind die Mannsbilder«, berichtete Annerle, unter ihren blonden Flatterlöckchen mit den etwas vorstehenden Augen Cornelie anblickend. Sie lächelte über die Mannsbilder und Cornelie lächelte auch, aus Höflichkeit.

Plötzlich ging ein Erschrecken über ihre Züge. »Wohnt dieser – dieser Geheimrat hier im Haus?«

Jetzt war Annerles ganzes rundes Gesicht eine fröhliche Heiterkeit. »O – Jesses! Der Herr Geheimrat – hier wohnen! Das muß ich ihm erzählen! Der wird lachen. Nein – der schaut nur zuweilen von Stuttgart herüber, ob hier alles in Ordnung hergeht! O – da kann die Uffenbacherin aber schmeicheln und schön tun! Und eine Würdigkeit! Da sollt' man meinen, es könnt' gar nit sein, daß sie sich so schweinisch beträgt, wie gestern abend. Wir haben uns alle für Sie geschämt.«

Cornelie wendete den Kopf ab und errötete. Annerle sah ein, daß es besser war, das Thema zu wechseln. Die kleine mollige Person in der karrierten Morgenjacke, darunter sich kugelrund das Bäuchlein hob, richtete sich ein wenig auf den Zehen zu Cornelies Ohr und flüsterte geheimnisvoll: »Der Herr Geheimrat hat der Uffenbacherin das Geld gegeben, um die Anstalt zu übernehmen, nachdem ihre letzte Besitzerin verstorben ist, und das Häusle zum Verkauf stand.«

»Woher wissen Sie denn das alles?« fragte Cornelie verwundert und wider Willen interessiert.

Annerle schlug die Augen nieder.

»Ich war schon einmal hier«, sagte sie mit einer künstlich gespielten Verlegenheit. »S'ischt schon mein Zweites ...«

»Ah so ...«

»Ja – das Liesel ist bei meinen Eltern ... Aber gnädige Frau müssen deshalb nicht schlecht von mir denken –«

Annerle hatte diese Redensart häufig in Romanen gelesen, die von verführten Mädchen handelten, und fand sie jetzt entschieden angebracht. »Ich und mei Hansel, wir leben wie brave Eheleut' zusammen – nur heiraten können wir uns halt nit – seine Eltern sind jüdisch und mein Onkel ist doch der Dekan.«

Sie machte eine Pause und war zufrieden mit der Wirkung des zuletzt ausgespielten Trumpfes auf die Fremde.

»Bitt' schön, gnädige Frau – ich vertrau' auf Ihre Dischkretion ... es wäre arg für mich, wenn's daheim auskäm, daß ich schon wieder in der Hoffnung bin ... Ja – geltens –, so ein verliebter Mann ...! Und mei Hansel hat immer gesagt: ›Annerle, nur nichts gegen 's Gesetz ... Da steht Zuchthaus drauf ...‹ Wisse Sie – sein Alter ist als noch so ganz im Alten Testament.«

»Wie merkwürdig ist das alles«, flüsterte Cornelie. »Aber kann Ihnen der – der – Ihr Freund nicht eine andere Unterkunft verschaffen?«

»Ha – mei Hansel – und mir was verschaffen. Jesses, der sagt: Laß mich zufrieden – 's ist schon arg genug, daß d' so garstig ausschaust. Ich wüßt' schon noch andere Orte – aber, das ischt's ja – wir könne hier nit fort – wir habe uns dem Satan in die Händ' geliefert –! Wenn die Männer wüßten, was so ein arm's Mädele auszustehen hat ...

Gnädige Frau, das ist ein bitterböses Weib – die Uffenbacherin –, die hat ihre Freud' d'ran, ihr Gift und ihre Bosheit an uns auszulassen ... Sie weiß von uns allen die Adressen – die läßt sie sich gleich zu Anfang geben ... Für einen Sterbensfall sagt sie – ja – ja ... damit sie uns in der Hand hat, und wir nit 's Maul auftun dürfen, wenn sie uns einen Fraß vorsetzt, wie für die Säue. Gnädige Frau haben doch nicht etwa Ihre richtige Adresse angegeben, von Ihrem Zuhaus?«

»Ja – das habe ich«, sagte Cornelie geängstigt.

»Das hätten gnädige Frau nicht tun dürfen«, bemerkte Annerle und hob ihr in die Luft strebendes Näschen mit weiser Überlegenheit noch höher. »Hätt' ich gnädige Frau nur rate dürfe! Von meinen Leuten weiß sie ja – denn ich bin's doch gewesen, die 's beim Herrn Geheimrat vermittelt hat, daß er ihr das Geld gab! Dafür dacht' ich, ich könnt' auf eine menschenwürdige Behandlung rechnen. – Prost Mahlzeit! Nun hat man zu kuschen! Und gar das arme Tonerle – der ihr Vater verliert seine Stellung, wenn's auskommt, wer die Verwandten sind, wo seine Tochter den Sommer zubringt. Wenn das Mädele wagt, sich zu beklagen, da heißt's: Du hascht's nit anders habe wolle – jetzt schweig' und leid'!«

Cornelie neigte den Kopf und bewegte nervös die Finger, die kalt und feucht geworden waren.

»Ach, gnädige Frau ...« begann das kleine rundliche Mädchen elegisch – sie besaß einen regen Schönheitssinn, darum hatte es ihr diese Schlanke, Vornehme gleich angetan. »Wenn ich Ihnen in irgend etwas behilflich sein könnt'?« Eine bewundernde Andacht war in der Stimme.

»Ich danke Ihnen.« Das müde und traurige Lächeln, das Annerle bis zu Tränen rührte, kam wieder über das schmale Gesicht mit der kühnen Nase. »Wir müssen uns wohl am besten auch sagen: Du hast's haben wollen – jetzt schweig' und leid' ...«

Annerle fühlte, es war genug mit den Annäherungsversuchen. So begab sie sich zu Toni, um dieser ihre Erfahrungen mit der neuen Vornehmen freundschaftlich zu berichten.

Die bayerische Toni hatte es sich bequem gemacht und räumte, in eine rosageblümte Nachtjacke und einen braunen Moireerock gekleidet, ihre Kommodenschubladen auf. Sie war daheim, in dem kinderreichen

Haushalt eines Mittelschullehrers an hunterlei wechselnde Arbeiten gewöhnt. Hier schlichen die langen Tage in trüber Einförmigkeit den kurzen Sommernächten entgegen. Darum traf man Toni meist bei der Aufräumung ihrer Kommode, oder mit dem Stopfen ihrer Strümpfe, Hemden und sonstigen Bekleidungsgegenstände beschäftigt. Alles war von äußerster Einfachheit und durch langen Gebrauch abgenutzt, aber mit Sorgsamkeit erhalten.

Toni zählte nicht mehr als siebzehn Lenze. Von einem Liebesfrühling, dessen Freuden sie hier bei Frau Uffenbacher abzubüßen gezwungen wurde, hätte sie kaum sprechen können. Ihre Erfahrungen in der Liebe waren kurz, dunkel und verworren. Sie beschränkten sich auf wenige Stunden, die ihr in der Erinnerung nur Angst und Schrecken zu enthalten schienen. Toni war ein knochiges Mädchen von unreinem Teint und breitem, gewöhnlichen Gesicht, dem nur die treuherzigen Augen ein freundliches Licht verliehen. Aber sie hatte sich darüber klar werden müssen, daß es nicht einmal dieser spärliche Reiz gewesen war, der ihren Verführer lockte. Ach nein – es waren nur die paar tausend Mark, die sie vor kurzem von einer Tante geerbt hatte, und die die geschäftige Phantasie guter Freunde sofort zu einigen Hunderttausenden umschuf, mit denen ein verschuldeter Abenteurer sich hatte vor dem Ruin retten wollen.

Zwei von Tonis Freundinnen waren zur gleichen Zeit dem Schurken zur Beute gefallen. Er wollte die Wahl haben. Von den Eltern konnte ihm unter so zwingenden Umständen doch keiner die Tochter weigern, hatte er wohl gemeint. Aber dieses Rechenexempel wurde ruchbar und Toni wurde von allem in Kenntnis gesetzt. Nun zeigte sie sich demütig einverstanden mit ihrem Vater, als er dem Verführer die Tochter weigerte. Sie sollte ihn niemals wiedersehen und sie verlangte auch nicht danach. Aber sie mußte neun Monate lang sein Kind unter dem Herzen tragen. Das blasse, gedunsene Gesicht der Siebzehnjährigen hatte in dieser Zeit einen Ausdruck von geistiger Stumpfheit angenommen, von ungeheuerer Gleichgültigkeit, die fast wie Dummheit wirkte und die doch nur ein Schild war, die verzweifelte Selbsthilfe eines noch sehr jungen und gesunden Organismus gegen das tötende Entsetzen.

Und auch gegen das Heimweh. Das fürchterliche Heimweh, das Toni ergriff, wenn sie ihre Kommodenschubladen aufräumte – das Heimweh nach der Mama, nach der Großmutter und den kleinen Geschwistern, von denen sie noch niemals entfernt gewesen war. Dabei quälte sie fortwährend ein unerträglicher Hunger. Wo sie ging und stand sah man Toni an einem Landjäger kauen – an einer dieser steinharten, geräucherten, flachgepreßten bayerischen Würste, welche die einzigen Liebesgaben bildeten, die Tonis Familie ihr ab und zu in der Verbannung zukommen ließ.

5.

Auf halber Höhe des langgedehnten Hügelgeländes, das auf seinem Gipfel die Dorfstraße trug, führte zwischen Haferfeldern ein schmaler, blumenumwachsener Weg zu einem Hain alter zottiger Apfelbäume. Weiße und rosige Blättchen wehten bei jedem Luftzug über Cornelie hin, die auf ihrem Tuch im Grase saß und zu arbeiten versuchte. Dabei mußte sie aber fortwährend über all die Zustände nachdenken, die Annerle ihr vorhin enthüllt hatte. Wenn es so stand, besaß sie ja gar nicht mehr die Freiheit, fortzugehen! Und auch wenn sie blieb, setzte sie ihre Mutter bei jeder Meinungsverschiedenheit mit diesem unheimlichen Weibe der Gefahr eines anonymen Anklagebriefes aus. Wie ein unbedachtes Kind hatte sie sich benommen. Sollte nun ihre Mutter Unsicherheit und Erwartung dieser Monate mit ihr leiden, nur weil sie sich zu schwach fühlte, zu ertragen, was alle die kleinen Mädchen doch ertrugen? Wie sie sich für ihre Willenlosigkeit verachtete!

Ein Bauer, der nach seinen Feldern gesehen hatte, war an Cornelie vorübergegangen, war zurückgekommen, um sie genau zu betrachten, und hatte sie dann in einer gewissen Entfernung umkreist, sie beobachtend, wie man ein fremdes Tier in seinen verwunderlichen Beschäftigungen beobachtet. Das hatte Cornelie maßlos gereizt – sie war geneigt, ihre ganze Verstimmung lediglich jener Störung zuzuschreiben. Der von hohen Mauern umhegte gräfliche Park erschien ihr plötzlich als ein Zufluchtsort, wo der Druck von ihr genommen werden könne.

Dort gab es sicher Bänke und Tische. Man konnte seine Blätter behaglich ausbreiten. Das Schreiben auf den Knien, eine Stellung, bei der einem alle Glieder schmerzten, war der geistigen Sammlung nicht eben zuträglich. Hatte Frau Uffenbacher ihr nicht gesagt, daß die Herrschaft verreist sei? Der Gärtner mochte durch ein Trinkgeld zu gewinnen sein.

Cornelie lächelte ein wenig in sich hinein. Sie mußte sich vorstellen, daß die Herrschaft anwesend war, sie ihre Karte hinaufschickte – und ob dies unter andern Verhältnissen nicht genügt haben würde, damit man ihr den Park, solange sie es wünschte, zur Verfügung stellte? Es war ihr in diesem Augenblick wieder alles gegenwärtig, was dieses letzte Jahr ihr gebracht hatte. Sie sah ihre Stuben angefüllt mit den üppigen, schwer duftenden Gewächshausblumen, sie sah die Stöße von Zeitungen, welche Tag um Tag gesandt wurden von Menschen, die sie nicht kannte, in deren jeder ihr Name – der Name Cornelie Reimann – als ein aufgehender Morgenstern, ein Fanal in der Dunkelheit gepriesen wurde – sie sah bewundernde Augen, verehrende Blicke von Männern und Frauen auf sich gerichtet – sie hörte das Flüstern, das um sie her entstand, sobald sie ein Theater, einen Gesellschaftssaal betrat – sie atmete wieder die allgemeine Huldigung, die zu ihr empordrang und sie, wo sie auch ging und stand, gleichsam in einen feinen Weihrauchduft hüllte. Sie spürte wieder mit einem seltsamen Vibrieren ihres Herzens die Flammen des Begehrens, die entzündet aus den Weihrauchdüften des Ruhmes heiß zu ihr emporgezüngelt waren, die ihr mit einem Male die verlorene Jugend zurückzuerobern schienen … Nein – der Ruhm war nicht kalt, des Lorbeers Blüten dufteten betäubend, waren umflochten von Girlanden blutroter Rosen … Und die Welt gehörte ihr – zu Genuß und Besitz …

Ihre Lippen wölbten sich voll und rosig in ihrem glühenden Antlitz und ihre Augen glänzten …

Das Verweilen in Frau Uffenbachers geheimnisvollem Häuschen erhielt jetzt plötzlich nur die Bedeutung einer vorübergehenden abenteuerlichen Laune, es bekam den Reiz eines Exils, in dem eine Herrscherin zeitweilig ihre Krone verbirgt – in dem sie, der noch unermeßliche Macht und Gewalt vorbehalten ist, sich aus eigenem Willen aller ihrer Ehren und Herrlichkeiten für eine kurze Weile begibt ...

Annerle stand vor der Tür und wartete, sie stand dort, eine neue Flanellwindel behäkelnd, schon geraume Zeit, um Corneliens Rückkehr nicht zu versäumen. Cornelie fragte hochmütig nach dem Weg zum gräflichen Park.

Annerle bot sich sogleich als Führerin an. Sie äußerte Bedenken, ob der Gärtner eine Fremde wohl einlassen würde. – Cornelie wagte, durch Annerles Ansprache jäh aus allen Phantasien gerissen, keinerlei Widerspruch gegen ihren Vorschlag. Sie hätte dem Mädchen nicht einmal andeuten können, daß sie zu arbeiten beabsichtige. Es würde ihr wie eine Entweihung vorgekommen sein, als zeige sie vorwitzig ihre verborgene Krone – das Manuskript, das sie in einem Leinenbeutelchen am Arme hängend trug.

Zerstreut aß sie auf ihrem Zimmer ein Beefsteak, welches Frau Uffenbacher mit allzuviel Zwiebeln zuzubereiten pflegte, und streckte sich, ermüdet von dem sonnigen, warmen Morgen, auf dem alten Kanapee aus.

Annerle hatte inzwischen beschlossen, die Schweizer-Mari und die arme Toni an der Ehre eines Spazierganges mit der geheimnisvollen Neuen teilnehmen zu lassen. Ihr gutes Herz konnte einmal keine Freude allein genießen, und ihr Tatendrang ergriff mit Begeisterung jede Gelegenheit, sich in den Mittelpunkt der Ereignisse zu bringen.

Doch schien es auch Frau Uffenbacher lieblich, mit der vornehmen Dame im gräflichen Park zu promenieren. Bei dem Gärtner, dem Verwalter, am Ende gar dem Herrn Pfarrer oder dem Dr. Schwärzle, dem sie leicht begegnen mochten, konnte man sich als Beschützerin einer geheimnisvollen Fremden von hohem Range aufspielen. Der einfache bürgerliche Name, den Cornelie angegeben hatte, war der alten Schwäbin längst nicht interessant genug. Dahinter steckte noch manches, und die gute Frau Uffenbacher erging sich sowohl abends in ihren Träumen unter dem karrierten Federbett, wie auch bei ihren Besuchen im Dorf in den üppigsten Vorstellungen, was alles an herrlichen Dingen für ihre eigene Zukunft aus so hohen Beziehungen entsprießen könne!

Cornelie ahnte wenig, daß man schon am abendlichen Biertisch in der »Wirtschaft« oben im Dorf darüber dischkurierte, ob sie eine »Regierende« oder nur »halt so eine Fürschtin« sei, und welche romantische oder gar politische Umtriebe sie in den abgelegenen Erdenwinkel verjagt hatten. Cornelies gleichgültiges Ablehnen von Frau Uffenbachers Anerbieten, sie in Dorf und Park umherzuführen, hatte diese schwerer gekränkt, als sie ahnen konnte. Und nun wollte die freche kleine Person, das Annerle, deren Freundschaft zu dem Geheimrat ihr ohnehin ein Dorn im Auge war, der Frau Uffenbacher den Triumph mir nichts dir nichts vorweg nehmen!

Der Sturm der Wut begann bereits in ihrer gewaltigen Brust zu kochen und ihr das Blut in den Kopf zu treiben. Als die Mari, die Toni und das Annerle gegen drei Uhr, die auseinandergegangenen Gestalten zum erstenmal wieder in Korsetts gezwängt, mit Jacken, Hüten, Schleiern und Sonnenschirmen die Treppe hinab kamen, brach das Unheil furchtbar aus und es gab ein Toben schwäbischer Flüche und Verwünschungen, daß das kleine Haus darob in seinen Grundfesten erzitterte.

»Wer hat die Erlaubnis für den gräflichen Park? Ich oder ihr? Das gäb' Geschichte, wann die Herrschaft solchem Sauvolk wie ihr eins seid, ihren Park auftun wollt'! Der Herr Vollrat hat mir eigens gesagt: Sie, Frau Uffenbacher, jederzeit –! Aber das Gesindel, das Sie da beherbergen, ja – ›Gesindel‹ hat er gesagt! Was fallt euch bei – daß ihr euch hier herausputzt – schämen solltet ihr euch vorm hellen Tageslicht! Ihr H...!«

»Frau Uffenbacher!« rief über ihr eine Stimme mit hartem, hochmütigen Klang, »ich wünsche Sie zu sprechen! Sofort!«

Das war keine Bitte mehr, das war ein Befehl – so streng, und aus einer so fernen Höhe herab gegeben, daß er auf den wollüstigen Zorn der Frau wirkte wie ein Sturzbad kalten Wassers auf tobende Flammen. Sie verstummte jäh und sagte nach einigen Sekunden ganz sanft: »Ich komm' schon!«

»Ich warte«, antwortete Cornelie mit derselben hochmütigen Kälte, die im Gegensatz zu der freundlichen Milde, in der sie sonst zu sprechen pflegte, wie eine unerhörte Beleidigung wirkte. Sie verschwand und schloß die Tür ihres Zimmers.

Einige Sekunden später tappte der schwere Tritt der Uffenbacherin die schmale Holztreppe hinauf.

»Das gnädige Fräulein sind gewiß erschrocken«, begann die Frau, ihr dunkelrotes, aufgeblähtes Gesicht zu einem harmlosen Lächeln zwingend, »ja, die Gesellschaft, die ich hier hab', da muß man als mal dreinfahre, anders ischt da kei Ordnung zu halte!«

Cornelie erhob sich von dem Stuhl, auf dem sie gesessen hatte, und die Hebamme bekam plötzlich den Eindruck, sie habe nicht gewußt, daß die Gestalt vor ihr so viel größer und höher sei, als sie selbst. Auch sonst hatte sich das Gesicht des Fräuleins verändert. Aus der schmerzhaften Gleichgültigkeit war plötzlich eine Entschlossenheit geworden, die die weichen Züge straffte. Die großen Augen blickten mit einer so strengen Macht, daß die Uffenbacherin fast eine Schwäche und ein Zittern in den Knien befiel.

Cornelie sprach zu ihr, nicht laut und ziemlich langsam. Aber jedes Wort besaß einen Klang, spröde und scharf wie ein Diamantensplitter.

»Frau Uffenbacher«, sagte sie und hielt das Weib fortwährend unter ihrem Blick, »ich will Ihnen jetzt etwas sagen und danach mögen Sie sich einrichten! Wenn ich hier im Hause bleiben soll, so darf niemals wieder ein solcher Auftritt stattfinden, wie gestern und wie eben dort draußen! Hören Sie –! Niemals wieder! Wie können Sie sich unterstehen, junge Mädchen, die sich zu Ihnen in Pension begeben haben, deren Geld Sie nehmen, über die Sie keine Macht und Gewalt irgendeiner Art besitzen, mit Worten und Gebärden, wie ich sie hier gehört und gesehen habe, zu beschimpfen –?«

Die Uffenbacherin öffnete den Mund zu einer Verteidigung, aber Cornelie hob die Hand und Frau Uffenbacher senkte den Kopf und schluckte und schloß den breiten Mund.

»Das Leben dieser Mädchen draußen in der Welt geht Sie gar nichts an, verstehen Sie mich? Erlauben Sie sich noch ein einziges Mal in Worten oder Taten ein Urteil darüber, vergessen Sie noch einmal die Höflichkeit gegen die Mädchen, die sich Ihnen anvertraut haben, dann werde ich deren Partei ergreifen. Dann werde ich dafür sorgen, daß sie ein würdigeres Unterkommen finden – ich werde es für sie suchen, und Sie werden mir wohl glauben, daß ich es ohne Mühe finden kann. Der Vater der Toni und dieser Geheimrat, von dem Sie abhängen, werden durch mich benachrichtigt werden, was hier vorgeht. Und wir verlassen alle – hören Sie – alle! an demselben Tage das Haus. Sie sind dann ruiniert. Das werden Sie wohl begreifen! Ich werde dafür sorgen, daß jedermann erfährt, wie Sie Ihr Amt hier ausführen ...«

Cornelie hielt inne und ließ der Uffenbacherin einige Sekunden Zeit zur Überlegung. Sie genügten, die Frau zur Besinnung zu bringen.

»Ich hab' mich hinreißen lasse«, brummte sie stammelnd. »Die Geduld geht einem halt aus! Es soll schon nit wieder vorkomme.«

»Das erwarte ich von Ihnen. Sie wissen nun, was Ihnen bevorsteht, und Sie werden wohl nicht zweifeln, daß ich mein Wort halte.«

Frau Uffenbacher bewegte wie in einem krampfhaften Kauen und Würgen die Kinnbacken. Dergleichen war ihr noch nicht geschehen, in ihrer ganzen Praxis nicht. Immer hatte sie nur winselnde, hilflose, ihrer Macht preisgegebene Weiber unter ihren Händen gehabt. Nun fühlte sie mit dumpfem Staunen etwas Fremdes, die Kraft eines Geistes, vor der ihre brutale und dumme Macht sich feige verkroch, wie der Hund vor dem Blick des Herrn.

Sie nahm sich zusammen, stammelte Entschuldigungen und Versprechungen und fragte schließlich demütig, das Fräulein werde doch ihre Worte nicht wahr machen, sie sei ein armes Weib, und müsse auch hart um ihren Verdienst arbeiten, und neun Kinder habe sie gehabt, die seien ihr alle gestorben, bis auf die paar, die in die Welt gegangen seien und sich nicht mehr um sie kümmerten. Cornelie hörte wenig mehr auf ihr Geschwätz, sondern starrte stumm zusammengefaßt vor sich nieder und wunderte sich, wie sie zu dem Mut gekommen sei, den Kampf mit diesem fürchterlichen Weibe aufzunehmen. Es war ihr unheimlich, daß sie so schnell die erste Schlacht gewonnen hatte. Doch war es wohl nur die erste Schlacht gewesen und weitere mußten folgen.

»Wünschen das gnädige Fräulein, daß ich den Tee herauf bringe?« fragte die Uffenbacherin. »Der Bäck' im Dorf hat frischen Zwiebelkuchen, der ischt als sehr gut – die Hanne könnt' springe und hole.«

Cornelie schüttelte schweigend den Kopf. Aber als Frau Uffenbacher, die sich entlassen sah, die Tür schon erreicht hatte, rief sie ihr nach: »Ich werde von jetzt ab meine Mahlzeiten mit den übrigen Mädchen nehmen.«

6.

Es kam nun eine stille Zeit. Ein Friede, der dem Annerle schier unheimlich dünkte, herrschte zwischen der Uffenbacherin und ihren Fräuleins. Die Alte bezeigte ihnen demütige Unterwürfigkeit und nur die Hanne erfuhr, wenn Türen und Fenster geschlossen waren, in der Küche die wahre Meinung der Gekränkten.

Die Schweizer-Mari übte sich auf der Wiese im Spiel mit dem dicken Ziehkind des Hauses, das die Fräuleins das Versuchskind nannten, in mütterlichen Handgriffen. Die Toni räumte ihre Kommodenschubladen auf, kaute an einem Landjäger, untersuchte die Gurken im dreieckigen Gärtchen, ob sie noch nicht bald einen Salat geben könnten und erhielt an den Sonntagen den Besuch ihres Vaters, eines protestantischen Lehrers an der Mittelschule einer kleinen bayerischen Stadt, den keines der anderen Mädchen jemals erblicken durfte.

Am Sonntag kam häufig die Rose von Ulm, um ihr Kleines bei der Frau Lebzelter in der unteren Dorfstraße zu besuchen. Zuweilen wurde sie von dem Leutnant in Zivil begleitet, dann frühstückten sie beide oben im Wirtshaus und die Rose bezahlte. Aber auch an solchen Tagen ließ sie es sich nicht nehmen, bei der Frau Uffenbacher einzuschauen. Eine sonderbare Anhänglichkeit fesselte die früheren Gäste an das Tränenhaus, daß sie immer wieder kamen und mit Seufzen und Stöhnen sich in den niederen Stuben umschauten, wo sie ihres jungen Lebens bitterste Schmerzen gelitten hatten. Nur die Mutter des Agathle, das bei der rothaarigen Bärbe in der Pflege war, ließ sich niemals blicken, sondern fragte zuweilen brieflich an, ob die Kleine immer noch lebe, andere Kinder stürben doch, wenn man sie zu einer Ziehmutter gebe. Die Bärbe hatte nun erst recht einen Trotz darauf, das Agathle groß zu bringen, und lief die Nächte durch mit dem Kind auf den Armen im Stübchen auf und nieder, weil es zahnte und unruhig war. Am Tage saß sie an der Maschine und nähte für die Bäuerinnen Kinderwäsche – denn das Kostgeld für die Agath' hatte die Mutter aus lauter Ärger über den Eigensinn der Bärbe schon lange zu schicken vergessen.

Das Annerle war immer geschäftig, sie führte eine ausgebreitete Korrespondenz, packte und verschnürte zahllose Pakete und empfing andere aus allen Windrichtungen. Es war immer mit ihr ein eifriges und geheimnisvolles Treiben, als sei man acht Tage vor Weihnachten.

Cornelie hatte sich eine Tagesordnung aus Arbeit, Ruhe und Umherschlendern gemacht, die eine angenehme Gleichförmigkeit und dadurch so etwas wie Häuslichkeitsgefühl mit sich brachte. In ihrem Zimmer lagen große Stöße von Büchern; die Empfindung zu haben, jeden Augenblick sich der Gesellschaft auserlesener Geister erfreuen zu können, sollte sie vor der trivialen Melancholie schützen, die ringsumher in der Luft verborgen lauerte.

Annerle hingegen stopfte sich mit abenteuerlichen Liebesgeschichten voll wie mit Kuchen und Zuckerwerk. Der mythische Hans wie der unwahrscheinliche Geheimrat versorgten sie reichlich mit solcher Art von Druckerschwärze.

Cornelie begann gefesselt zu werden von dem kleinen Annerle und ihren Erzählungen aus dieser Zwischenwelt, wo das scheinbar Unzusammengehörigste durch ein Gewirr mannigfacher Fäden verbunden wurde. Wie Annerles Sprache eine Mischung aus schwäbischem und bayerischem Dialekt bildete, so war sie auch unaufhörlich unterwegs zwischen Württemberg, Bayern und Baden. Durch ihr langjähriges Verhältnis zu dem Sohn ihres Chefs hatte sie eine sonderbare Art von Vertrauensstellung auch bei dessen Eltern und wurde zu allerlei diplomatischen Missionen unter dem Personal der Filialen des großen Warenhauses verwendet. Sie gehörte gewissermaßen zur Familie und gehörte auch wieder nicht dazu, es war einfach eine Taktfrage, die sie, wie es schien, richtig zu stellen und geschmeidig zu beantworten wußte. Sie zeigte Geschenke von der Mutter ihres Gefährten, und seine Brüder schrieben ihr neckische Postkarten. Wo sie nur einige Wochen geweilt hatte, besaß sie gleich eine Unzahl von Freundinnen und Verehrern, wußte sich überall nützlich zu machen und war alsbald durch ein kunstvolles Gewebe von hin- und hergehenden Gefälligkeiten mit den verschiedensten Gesellschaftsschichten verknüpft. »Mei Hansel« wurde beständig in Atem gehalten durch Besorgungen und Vermittlungen, von denen die wenigsten ihr selbst zugute kamen. Denn so gern sie Geschenke entgegennahm, gleich überlegte sie auch, wem sie mit der eben erhaltenen Gabe nun wieder eine Freude machen könne.

Zum erstenmal lernte Cornelie in der kleinen Buchhalterin eine jener munteren Lebenskünstlerinnen kennen, die ihr in der Historie wohl unter klingenderen Namen, in der Literaturgeschichte zuweilen durch die Schilderung eines verliebten Autors, in ihrer bürgerlichen Mädchenexistenz aber noch nie entgegengetreten waren.

Die jungen Fräuleins saßen bei dem schönen warmen Sonnenschein in der Laube und warteten auf das Mittagessen. Annerles Häkelnadel fuhr eilig zwischen grauen Wollmaschen hin und wider. Sie verfertigte ein warmes Tuch für die Mutter ihrer Freundin Lucie, die Frau Fabrikbesitzer Bubenberg in Ilferlingen, die so arg das Reißen in der Schulter hatte. Dabei erzählte sie vom Hansel.

»O Jesses – mei Mädeles, was so ein Mann alles von einem verlangt! Hat sich mei Hansel an einem luschtigen Abend mit einer Kellnerin verscharmiert – betrunken ist er gewesen, – das hat er mir geschwore, und ich glaub's ihm schon – aber nun denkt's euch, das Ding kommt in die Hoffnung und mei Hansel weiß sich kein Rat – und das End' von der Geschicht ischt, ich muß zu dem Mädele hin und muß es tröste und ihm ein Unterkommen schaffe. – Ich hab' mir die Augen fast aus dem Kopf geheult, dazumal – und der Hansel sagt noch ganz getrost: das tut doch unserer Lieb' keinen Abbruch … Gar schon …! 's hat ihr auf die letzt' auch keinen getan, aber ich war halt kreuzunglücklich zu dere Zeit. Seine Ruh' hat man keine Stund' mit so ein'm Leichtfuß –! Aber wie der Herr Tirektor« – Annerle sagte vor lauter Hochachtung und Wichtigkeit stets »Tirektor« statt Direktor – »der Herr Tirektor Häberle von Pforzheim, der die Tapetenfabrik hat, und wann er in Geschäften nach Stuggert kommt, tut er immer in der Konditorei sitzen, wo ich mit meiner Freundin bedient hab' – nur so aus Gefälligkeit – wie der mir einen Heiratsantrag gemacht hat – da hab' ich in mich hineingelacht und hab' gedacht: Mei Hansel ist doch ein anders goldiger Kerl. Der Herr Tirektor ist ja kein Unebner; nur ein bissel arg dürr!«

»Weischt, Annerle, da muß ich dich gerad' bewundern, daß du zu dem andern Maidli gange bischt«, rief die Mari, »nimmer hätt' ich das gekonnt und wenn ich hätt' sollen sterben ... Du bischt halt gar gut!«
...

»Die Frau Bubenberg von Ilferlingen hat auch gesagt, es wär' gegen mei' Würd' gewesen«, sagte das Annerle und reckte sich und ihr Näschen in die Höh'. »Ich hab' ihr geantwortet: Mei Würd' trag' ich in mir selbst und eine Ehefrau, die ihre Würd' zu wahre hätt', die bin ich nit, und will ich auch gar nit sein. Das wär' mir schon viel zu fad, wenn ich jeden Tag an mei' Würd' zu denken hätt'. – Die Ehefrauen, die habbe gut rede, die wisset nix. Unsereins fühlt's, wie's so einem arm' Ding zu Mut ist ... Jesses – und mei Hansel, der hätt' mich bald auffressen vor Lieb' und Reumütigkeit ... Er ist nun schon so, denkt nit weiter als an sein Vergnügen, wenn er luschtig ist, ich mag ihn auch nit anders ... Ja ... gnädige Frau – so geht's zu in dere Welt!«

»Nennen Sie mich nicht immer gnädige Frau«, sagte Cornelie, »ich bin keine ›gnädige Frau‹. Ich bin nichts anderes als Sie alle. Nennen Sie mich ruhig Fräulein Cornelie.«

»Cornelie ist ein arg schöner Name und wie geschaffen für die gnä– – – für das Fräulein.« Annerle sprach das Fräulein pointiert hochdeutsch aus. »Wir wisset's doch, daß Sie aus einem andern Holz geschnitten sind als mir, mir haben auch Augen im Kopf ...«

Cornelie zog die Brauen zusammen. »Bitte nicht ... sagte sie nervös und hob, um die Aufmerksamkeit abzulenken, den Deckel von der Schüssel, die Hanne soeben mit einem Krach auf den Tisch gestellt hatte.

»Ach du lieber Gott, wieder Lunge!«

»Der Satan!« schimpft Mari »mir steigt der Ekel schon im Hals herauf.«

Lunge mit saurer Soß' war ein Gericht, das, wie Frau Uffenbacher den Damen erklärt hatte, besonders bekömmlich für ihren Zustand sei. Sie erhielt die Lunge, welche die Bauern nicht essen wollten, für ein paar Pfennige vom Metzger, und so setzte sie sie den Fräuleins jede Woche zweimal vor, denn es gab zwei Metzger in Schopfingen. So wurde der Nachmittagstee, den Annerle aus der Konditorei bezog, die einzige angenehme Mahlzeit des Tages.

Als die Mari aus Stuttgart von einigen Einkäufen heimkehrte, trat das breitschulterige Schweizermädel, dunkelrot vor Aufregung, mit einem in Seidenpapier gehüllten Päckchen vor Cornelie. Sie lächelte schüchtern und wurde dabei von Annerle aufmunternd in die Seite gepufft.

»Ich hab' Ihne auch was mitgebracht, Freile Cornelie«, kam's unbeholfen kindlich in den harten Kehllauten ihres kaum verständlichen Schwizerdütsch. »Nehmen Sie's nicht für ungut – seien's mir nicht bös – ich dacht' nur, weil, wenn mein Stündle kommt und ich bald fortgeh, wollt' ich einer jeden ein klein's Andenken ...«

Die Tränen quollen ihr, in der Angst, das Fräulein könne beleidigt sein. Cornelie aber lächelte liebenswürdig und nahm aus ihren Händen eine Mundtasse mit dem Buchstaben »C« groß und deutlich in blauer Farbe darauf gemalt, entgegen. Sie dankte herzlich, und bewunderte die Tasse nach Gebühr. Annerle rief triumphierend: »Siehscht, die Fräulein Cornelie ischt nit so kleinlich, ich hab' dir's gleich gesagt, daß sie sich freuen wird.«

»Gewiß freu' ich mich«, rief Cornelie, »und ich werde täglich aus der Tasse trinken, die von der Frau Uffenbacher ist so schwer und grob.«

»Es ischt nur«, stotterte die erglühende Mari, »weil ich's nicht mit anschauen konnt', daß das Fräulein aus der Tass' trinke mußt, wo die Frau Uffenbacher des Nachts ihre Zähn' drin aufbewahrt!«

»O Gott im Himmel!« rief Cornelie, die Hände vors Gesicht schlagend und Annerle schrie: »Mari, du Schneegans, das hatte' wir ihr doch nit sage wolle!«

»Ja, mein Heiland, 's ischt mir so heraus gefahren«, beteuerte die Mari und sah so lieb und verstört aus, daß Cornelie über dem Trösten und der Freude an dem prächtigen, treuherzigen Geschöpf den Ekel überwand.

7.

Cornelie saß in ihrem Zimmer an dem wurmstichigen Tisch, den sie ans offene Fenster gerückt hatte, und schrieb:

»Modelt die Frau sich nach der Kunst, oder ist die Kunst nur ein sichtbares Symbol für Umwandlungen im Wesen des Weibes?

Ruhevoll unschuldig blühten die heiligen Jungfrauen und die jungfräulichen Mütter der Primitiven, unbewußt der eigenen Lieblichkeit, gleich den Lilien auf dem Felde. Das Weib der Renaissance aber wurde das Weib-Siegerin. Königlich thronte sie auf dem Sessel ihrer Macht und ihre Macht ruhte auf der Begierde des Mannes. Das Wissen hatten die Jahrhunderte ihr verliehen, und es gab ihrem Lächeln einen satten Stolz, ihren Händen die sichere Haltung der Besitzenden.

In den Frauen des Rokoko zeigt sich schon der leise Zynismus, der alle Reize seiner Reichtümer durchforscht hat, dem die eigene Macht kein heiliges Geheimnis mehr ist, der leichtfertig zu spötteln beginnt über die Grenzen der königlichen Herrschaft – über ihre Allgewalt und ihre Unzulänglichkeit.

Das kokette Lächeln der gepuderten Reifrockdamen, die ihre wollüstigen Busen zur Schau tragen, wie die Insignien ihres fleischlichen und galanten Königreichs, birgt schon ein wenig Verachtung des Besiegten. In ihren lüstern blickenden Augen dämmert der noch in Scherz verhüllte Schmerz über eine Herrschaft, die ihrem Ende naht, weil das Weib ihrer überdrüssig zu werden beginnt.

Welche geheimnisvollen Gesetze treiben sie, den Gebieten ihrer unumschränkten Gewalt entschlossen den Rücken zu kehren?

Die Frau von heute, wie die Kunst sie in ihrer typischen Wesensart zu erfassen sucht, ist eine Gestalt der Sehnsucht geworden. Sie trauert weder, noch genießt sie – ihre ranken, schlanken Glieder dehnen sich nach etwas Unendlichem; die Linien ihres Profils bedeuten ein Lechzen nach dem Unaussprechlichen, ihre Augen suchen das Übersinnliche hinter den Dingen dieses Staubes ... Ihre Hände – müde und doch verlangend geöffnet – tasten unsicher nach Kostbarkeiten und Früchten des Wissens, die nur ihren Träumen sichtbar, über ihnen in blauen

Lüften zu schweben scheinen – ihre Füße berühren nur noch flüchtig diesen Boden und streben nach unbekannten Fernen, wo in dunklen Tiefen die Erkenntnisse des Lebens ruhen, zu denen bisher nur der Mann den Schlüssel besaß. Genügt der stolzen unzufriedenen Frau unserer Gegenwart noch eine Herrschaft über die Sinne des Mannes, den sie liebt? Einer mystischen Vereinigung der Seelen und der Geister strebt sie, von dunklem Drange getrieben, entgegen. Und doch ahnt sie – eine neue Eva – schon, daß das Kosten von jener lockenden Frucht der Erkenntnis sie für ewig aus dem Paradiese ihrer Jugend und alles selig blinden Glückes vertreiben wird.«

Nachdem Cornelie diese Sätze beendet hatte, hielt sie inne und ruhte ein wenig. Resignierte Wehmut im Erfassen der auch für ihr eigenes Dasein so verhängnisvollen Wahrheit mischte sich mit dem Vergnügen an der Formel, die sie dafür gefunden.

Jetzt hörte sie, zum ersten Male wieder seit manchem Tage, vom Flur herauf ein Geheul und Gekreisch böser Weiberstimmen tönen. In der nächsten Minute wurde ihre Türe aufgerissen, das Annerle stürzte herein, durch Zorn und Weinen zerzaust, rot, geschwollen und fürchterlich entstellt.

»Die Sau!« schrie sie gellend, »das Aas von einem Weib! Die Augen, wenn ich ihr auskratzen könnt, dem Satansbraten!«

»Um Gottes willen – Annerle –, was ist geschehen –? Beruhigen Sie sich doch!«

»Beruhigen?« heulte Annerle, »oh, mei Freile Cornelie, was das Weib mir antan hat, die böse, böse Hex ... Hab' ich Ihnen nit gesagt – anonyme Brief' schreibt's, das Vieh ... An meine Leut' daheim! Und nun wissen's alle, wie's um mich steht – und daß ich zum zweitenmal in der Hoffnung bin ... Oh, mei Jesus ... Mei Mutter möcht gerad ins Wasser gehn vor Scham!«

Cornelie starrte sie an, eiskalt vor Schrecken.

»Das hat die Uffenbacher getan ...«

Annerle trocknete sich mit dem bereits völlig durchweichten Taschentuch das tränentropfende Gesicht.

»In der Kontitorei wissets sie's auch allbereits«, schluchzte sie. »Oh, mei Fräulein Cornelie, was hat unsereins zu leide.«

Auf der Stelle wollte das Annerle das Tränenhaus verlassen und dem Herrn Geheimrat ihr Leid klagen, doch die Toni vermittelte verständig, sie meinte, Annerle sei selbst unvorsichtig gewesen.

Und so blieb am Ende alles beim alten. Annerle nahm ihre Rache auf ihre eigne Art. Sie schleuderte der Uffenbacherin im Vorübergehen vergiftete Bemerkungen zu, über Personen, die wegen Absendung anonymer Schmähbriefe zu vielen Jahren Zuchthaus verurteilt waren. Eines Abends fand die Hebamme einen Zeitungsartikel, der sich mit einem solchen Falle beschäftigte, durch Stecknadeln auf dem karrierten Kopfkissen ihres Bettes befestigt. Diese Tat gewährte Annerle eine entschiedene Erleichterung.

Zuweilen seufzte sie noch: »Wenn ich jetzt als nur erfahre möcht', was der Herr Tirektor Häberle von mir denkt!«

Sie sollte es erfahren, und das wurde ein glorreicher Tag für das Annerle von Pfaffenhofen. Aus der Konditorei kam durch die Post eine runde Schachtel an ihre Adresse, die enthielt eine köstliche, mit bunten Früchten belegte Nußtorte. In weißen Zuckerperlen stand in ihrer Mitte zu lesen:

Dem Fräulein Anna
in unveränderter Verehrung und Hochschätzung
ein entsagender Freund.

Die zwischen den Kuchen waltende Freundin aber schrieb als Kommentar:

»Der Herr Tirektor Häberle läßt Dir herzlich Glück wünschen. Er fragte mich, womit er Dir eine Freud' machen könnt', da hab' ich gesagt, in Dei'm Zustand wär' man als arg auf Süßes. ›So nehmen wir eine Nußtorte, die hat sie immer am liebsten gegessen‹, hat er gesagt – ›aber mit viel Früchten drauf – Sie wissen schon, Fräulein!‹ Und dazu hat er einen tiefen Seufzer getan, und ganz blaß ist er gewesen, und hat kein Wort geredt den ganzen Abend.«

Annerle strahlte. »Ein sehr anständiger Mann, der Herr Tirektor Häberle«, sagte sie in tadellosem Hochdeutsch, was bei ihr stets das höchste Maß der Anerkennung ausdrücken sollte.

8.

Cornelie kam vom Kirchhof, der von einer grauen Feldsteinmauer umgeben, auf windverwehter Höhe jenseits des Dorfes lag. Ihr hatte sehr davor gebangt, die Geburt eines Menschen zum ersten Male in dichtester Nähe mitzuerleben – mit zu durchfühlen ... Während sie nach Stuttgart gefahren war, sich dort einige Bücher zu besorgen, war die Schweizer-Mari niedergekommen. Sie fand das Mädchen friedlich und erlöst in ihrem Bett und das Kleine war ohne weitere Zeremonien auf der Grenzscheide zwischen geweihter Erde und ordinärem Feldrain, wo die aus dem Hause Uffenbach zur Ruhe kamen, dem Staube übergeben worden. Heute hatte sie sein Gräblein besucht, auf dem ein paar dünne Halme wilden Hafers und einige blasse Skabiosen sproßten. Cornelie hatte einen Kranz aus Wiesenblumen dazu gelegt und ging nun langsam heim, durch den schwülen Duft und die laute Fröhlichkeit der Heuernte. Eine Sehnsucht nach Tod und Vergehen schwoll wie eine gewaltige Welle aus Meerestiefen aus ihres Wesens innerstem Verlangen empor – überflutete alle Dämme, die Vernunft und Wille errichtet hatten – gierte – lechzte nach Vernichtung wie nach letztem Glück.

Mit dem Kind im Arm an der Kirchhofsecke auf dem öden windumwehten Hügel zu schlafen, schien ihr so süß und friedlich.

Nach dem anreizenden Stachel, den das neue unbekannte Leben anfangs für sie gehabt, war sie in der letzten Zeit völlig zurückgesunken in eine unermeßliche Gleichgültigkeit. Nichts, was die Zukunft ihr noch bringen konnte, und kein Mensch, von dem sie wußte, dünkte ihr wert, um seinetwillen auch nur eine Stunde länger zu leben. Die Liebe und jedes Band zwischen ihr und allen, die ihr einmal nahegestanden, war in ihr abgestorben, und mit dem letzten Rest von Haß gegen den Mann, der sich unter der falschen Flagge einer inneren Gemeinschaft, die niemals bestanden, in die wohlverwahrte Festung ihres Herzens eingeschlichen hatte – der sich den Vater ihres Kindes nennen durfte – schwand auch das letzte Gefühl für ihn aus ihrer Brust.

Und das Kind? Das Kind? Würde sie es lieben –? Würde sie es hassen? Würde es ihr ebenso gleichgültig bleiben, wie alles andere auf dieser Welt, weil ihr Gefühl gestorben war an der fürchterlichen Enttäuschung, die sie erlitten hatte?

Sie fragte und fragte ... Niemand gab ihr Antwort und sie wußte selbst keine Antwort. Aber sie erinnerte sich der Zeit, da sie ihren Vater verlor. Sie war damals dreizehn Jahre alt gewesen, und hatte sich in unermeßlicher Verzweiflung in ihren Gebeten an den Thron Gottes gleichsam angeklammert – hatte mit Fäusten der Wut und Empörung an die Pforten gehämmert, die das Wunder vor ihr verschlossen – Gott war unerschütterlich geblieben, die Pforten des Wunders hatten sich nicht geöffnet – sie hatte ihn verlieren müssen. Und dann waren die Jahre gekommen, an die sie nun so oft denken mußte, die man die schönsten der Jugend nennt, und die gleichgültig und leer für sie gewesen waren, weil sie selbst innerlich tot war, abgestumpft für jedes Gefühl, unfähig jeder wirklichen Anteilnahme.

Endlich hatte die erste starke Liebe zu einem Manne sie aus jenem Zustande von Erstarrung geweckt – eine Liebe, die niemals erwidert wurde. Doch was sollte sie nun wohl wecken?

Wie sollte sie aus Eis und Schlacken soviel Wärme zusammensuchen, wie ein kleines Kindchen zum Leben braucht. Wie sollte sie, erzitternd unter der Qual dieser inneren Kälte die Glut und Kraft zu einer Mutterschaft hernehmen, die täglich neu gegen eine Welt von Hohn und Mißbilligung verteidigt werden mußte.

Cornelie blieb stehen auf der einsamen Straße und rang die Hände und blickte mit vor Angst weit aufgerissenen Augen umher.

»Mein Gott, mein Gott, laß mich doch sterben – gönne mir, daß ich sterben kann«, murmelte sie, wie eine Kranke in unerträglichen Schmerzen.

Plötzlich befiel sie das Bewußtsein, den Tod regieren und mit eigener Hand sich zu Willen zwingen zu können, wie eine wundervolle, tröstende Erlösung. Nein – sie brauchte nicht zu leben, wenn sie nicht leben wollte, und ihr Kind brauchte nicht zu leben, wenn sie es nicht wollte! Kein Gott war im Himmel, kein Gesetz auf Erden, von dem sie gezwungen werden konnte, weiterzugehen, wenn sie zu müde war – kämpfen zu sollen, wenn sie nur noch zu schlafen begehrte.

Eine listige, heimliche Freude dämmerte in ihrer Seele – als betröge sie irgend jemand um einen seltsamen Triumph, wenn sie sich und das Kleine allen Bitterkeiten, die man ihnen zu trinken geben wollte, still und sicher entzöge.

Und die Angst vor dem Leben löste sich auf in der Begier nach dem Tode ... Wenn sie wieder kommen und sie überwältigen wollte, so brauchte Cornelie nur unterzutauchen in das ewige Meer des Vergehens, wo es so gut und friedlich zu ruhen war.

Ihre Phantasie begann spielend und versucherisch die Wege zu gehen, die dorthin führten – begann allen Möglichkeiten nachzuträumen, berauschte sich an den Schrecken des Todes, wie an Opiumdüften des Vergessens.

Sie sah ihr Kind nicht mehr lebendig, rosig, mit Blumen bekränzt, wie sie es einmal in einem schönen Traum geschaut hatte –, sie sah es schlaff in ihrem Schoße liegen, die Gliederchen steif, das Mündchen in dem grünweißen Gesicht mit einem süß-wehen Ausdruck ein wenig schief gezogen, sie fühlte die Kälte der kleinen Leiche erstarrend in ihr eigenes Herz dringen, empfand mit einer grausigen Beruhigung, wie das Leben auch aus ihrem Körper wich, und er sich in der letzten Todesnot zusammenkrampfte ...

Oh – sie wußte ja, der Tod hatte wartend hinter ihr gestanden, alle diese Monate schon – und sie hatte sich erschöpft, hatte übermächtig gerungen, im Kampf mit der Versuchung, sich nach ihm umzuwenden. Er hatte nur immer stillgestanden und gewartet und gelächelt. Er wußte, daß sie die Sehnsucht verzehrte, von ihm geküßt – von ihm in den Arm genommen zu werden. Er wußte, daß es damit enden mußte, daß sie von selbst zu ihm kam.

Der Sonnenschein reizte ihre Nerven, erbitterte sie förmlich mit seinem Glanz, sie ertrug das »Draußen« nur, wenn die Dämmerung wie ein zarter silberner Nebel milde über alle Gegenstände niedersank. Begegnete sie dann auf dem Wiesenweg einem heimkehrenden Schnitter, der gebeugt und schwer oder aufrecht und stark die Sense über der Schulter, an ihr vorüberschritt, so grüßte sie ihn still in ihrem

Herzen als das uralte Abbild und Symbol des Freundes, nach dem sie verlangte.

> Es ist ein Schnitter, der heißt Tod –
> Er hat Gewalt vom höchsten Gott,
> Hüte dich, schön's Blümelein ...

Sie spürte im Vorübergehen den Dunst von Schweiß und Kraft, der von dem Sensenmann ausging und der ihre überfeinerten Geruchssinne erregte mit einem Gemisch von Widerwillen und Erinnerungszauber. Und so wurde ihr der Mann schlechthin zu einem Bilde des Todes: Leben zeugend, um doppelt Leben zu vernichten, nur von einem blinden Drang getrieben, den er selbst nicht zu deuten gewußt hätte. War das ruhelose Sehnen und Gieren nach Liebe, das sie verzehrt hatte, all die Jahre ihrer Jugend hindurch, im Grunde nicht auch nur ein Verlangen nach Vernichtung, als nach der Erfüllung alles Seins? ...

Die letzten Fuhren waren in den Scheunen geborgen. Hoch stand das Korn zwischen den nun flachen, leeren Wiesen, auf denen der Storch gravitätisch nach Futter für die junge Brut suchte, die auf der Pfarrscheune schon mächtig die Schnäbel aufsperrte und für die er gar nicht genug herbeischleppen konnte. Jetzt mochten die Gewitter, die seit mehr als einem Tage drohend am Himmel standen, sich entladen, nun mochte der Regen strömen. Tier und Mensch ersehnte Abkühlung und Frische.

Der Sonntag kam. Die Paare drehten sich in dem vor Hitze und Menschendunst dampfenden Saal des »Sternen«. Fiedeln und Brummbässe kreischten, das Bier strömte aus den Fässern in die durstigen Bauernkehlen. Draußen schlang die Nacht dunkle, warme Schleier um das Dorf. Es regte sich kein Windchen, ohrbetäubend schrillten die Grillen, ein banges Warten lag in der Luft.

Die Hanne hatte auch mit im »Sternen« tanzen wollen. Das war eine, die ihre Röcke zu schwenken verstand, ihre Schätze wechselten mit jedem neuen Mond. Aber heut' erwartete die Uffenbacherin für die Nacht den Ruf zu einer Bäuerin, deshalb sollte ihre Magd daheimbleiben, sehr zu deren Verdruß. Sie war schon den ganzen Tag vor sich hinbrummend und schimpfend im Hause umhergeschlurft. Abends versuchte sie noch einmal, ihre Herrin umzustimmen. Die Alte war schlechter Laune, wie immer, wenn sie ihre Nachtruhe drangeben sollte, und verweigerte der Hanne die Erlaubnis zum Tanz. Es gab eine wilde Auseinandersetzung zwischen beiden – wenige Zeit darauf verließ die Hanne, mit tückischem, dumpf-sinnlichen Ausdruck in den plumpen Zügen das Haus und blieb eine lange Weile verschwunden. Die Fräuleins mutmaßten, sie werde ohne Erlaubnis die Nacht fortbleiben, wie dies schon öfters geschehen war. Die Uffenbacherin erklärte zornig, dann werde sie nicht wieder eingelassen und die Kündigung sei ihr gewiß. Doch gegen neun Uhr stellte sich Hanne wieder ein, redete mit niemand ein Wort und ging auf ihre Kammer.

Mitternacht mochte bereits vorüber sein, als Cornelie durch ein Schlagen an der Haustür und die Rufe roher Männerstimmen erwachte. Sie glaubte, man benachrichtige die Frau zu ihrem Wehenmutterdienst, aber so war es nicht. Ein Fenster klirrte, die Uffenbacherin schimpfte in den saftigsten Ausdrücken hinunter. Gebrüll und wieherndes Gelächter antwortete. Fäuste und Steine hieben gegen die Türe, das Schloß im morschen Holze krachte unter dem Gerüttel der trunkenen Burschen, die mit den unflätigsten Worten Einlaß verlangten und drohten, Türen und Fenster einzuschlagen, wenn die H... ihnen nicht gutwillig öffneten.

Cornelie war in Schweiß gebadet und doch von eisiger Kälte durchschüttelt unter ihren Decken. Vom Rückenmark kroch ihr eine Lähmung durch alle Glieder. Vor Entsetzen lag sie wie im Starrkrampf, die Finger und Zehen gekrümmt, die Zähne knirschend gegeneinanderschlagend. Jeden Augenblick konnte sie gewärtig sein, daß die Hölle, die unten an der gebrechlichen Türe rüttelte, die rostigen Bänder sprengen und zu ihr eindringen werde – daß das Fürchterliche, Grauenvolle sie wehrlos preisgegeben finden mußte. Schon flogen Steine in die geöffneten Fenster, ein Irrsinn des Vernichtens hatte die Trunkenen ergriffen. Sie brüllten und johlten die wüstesten Lieder und dazwischen krächzte und schimpfte die' Alte ... Das Dorf lag weit, jede Hilfe war fern ... Der nackte, rohe, unbändige Trieb des Geschlechtes tobte in unflätiger Begierde nach dem Fleisch des Weibes. Cornelie fühlte den Wirbel der finstern, tierhaften Urmächte des Lebens um sich kreisen – er griff nach ihr empor, riß sie in seinen Schlund –, sie sah rote Fäuste durch die Dunkelheit nach ihr langen, branntweindunstiger Atem umfing sie. – Mit einer wilden Energie reckte sie sich empor, die Betäubung von sich abzuschütteln, da wurde ihre Tür geöffnet, Annerle und Toni im Hemd mit bloßen Füßen kamen zitternd und weinend vor Furcht, sich zu ihr zu flüchten.

»O mein Jesus, Fräulein Cornelie, die Viecher ... Hören Sie nit hin, die wüschte Worte – o mei – wann die eindringe, da Gnade uns Gott!«

»Das hat die Hanne anstift ... ganz sicher die Hanne ...«

Die jungen Geschöpfe klammerten sich an Cornelie und sie hatte ihre Arme um beide geschlungen. Auch die Mari kam, wankend vor Schwäche aus ihrem Kindbett. Nun faßten sie wieder Mut und schoben mit vereinten Kräften den Waschtisch vor die Tür, die längst keinen Riegel mehr besaß.

Draußen schüttete die Uffenbacherin Hafen nach Hafen mit Wasser über die Köpfe der wüsten Gesellen. Sie drohte mit Polizei und Gefängnis. Das schien die Burschen allmählich zu ernüchtern. Lachend forderten sie jetzt nur noch die Herausgabe der Hanne, die sich still auf ihrer Kammer hielt. Es brauste ein Sturm durch den Birnbaum, die halbreifen, harten Früchte prasselten auf die Köpfe der Hitzigen, Staub und Strohhalme in Wirbeln emporgeweht, blendeten ihnen die Augen. Blitze zuckten, der Donner krachte. Da zogen sie schimpfend und johlend ab, um dem Regen zu entgehen, der nun mit Macht herniederbrach.

9.

Mancherlei Besuch kehrte in der nächsten Zeit im Tränenhaus ein. Als ein lustiges buntes Vögelchen flirrte die hübsche Lucie Bubenberg, Annerles Freundin, durch die trüben Räume. Annerle nannte sie: Madame la Baronne und wollte damit pikante Geheimnisse andeuten. Lucie war die wohlangesehene Tochter eines begüterten Industriellen und einer sehr duldsamen Mutter, die durch die Beziehungen ihrer Tochter zu einem württembergischen Standesherrn nur geschmeichelt war. Lucie selbst nannte sich: »Das Glücksvögerl« und schaute mit einem aus Neugier und Mitleid gemischten Interesse auf die Bewohnerinnen der »Villa Uffingen«.

So fragte sie die bayerische Toni, die mit glänzenden Augen Luciens Erzählungen aus der ihr so fremden Welt des Vergnügens lauschte, wie es nur gekommen, daß sie, die doch einen braven, soliden Eindruck mache, hier gelandet sei.

»Wir sind halt Schlittschuh gelaufen«, erzählte die sonst so schweigsame Toni, »und da hat er mich heimgebracht, und wir sind jedesmal an der Tür von seiner Wohnung vorbeigekommen, und er hat mir erzählt, er hätte einen Papagei, der könnte singen: Freut euch des Lebens ... und da hab' i so arg Lust kriegt, den Papagei zu hören, und bin halt mit ihm 'naufgangen ...«

»Hat's Ihnen denn ein bissel Pläsier gemacht – nachher?« erkundigte sich Lucie mit Teilnahme.

Toni schüttelte finster den Kopf.

»I hab' mich halt entsetzt – er war arg wüscht ... Aber ich bin doch noch zweimal bei ihm gewesen – i dacht', i müßt' –, weil er doch nun mein Schatz wär – er hat mir auch gedroht, er will mich totschießen ...«

»Der Schuft!« knirschte Annerle, Lucie fragte mit unsicherer Stimme: »Hat's denn wenigstens einen Papagei drin gehabt?«

»Den hat's schon gehabt –« sagte Toni ergeben, »aber singen hat er nicht können.«

Viel war während der Anwesenheit des »Glücksvögerls« von allerlei Mitteln die Rede, durch die man hätte den Aufenthalt im Tränenhaus vermeiden können.

»Ich probier' alles, ich hab' vor nix Furcht«, erklärte die kleine, hübsche Lucie. »Die Mama denkt, ich besuch' eine Freundin in der Schweiz – aber ich geh' zu einem Doktor, den mir der Geheimrat empfohlen hat. Mein Baron will nicht, daß ich mir die Figur verderbe!«

Cornelie war allmählich doch neugierig auf den sich so vielfach betätigenden »Herrn Geheimrat« geworden, und als am nächsten Tag der Willkommruf erscholl: »Da schau – der Herr Geheimrat«, floh sie nicht wie sonst, sondern blieb auf ihrem Liegestuhl in der Laube.

Mit einem weiten Schwung seines weichen grauen Filzhutes begrüßte der freundlich blickende, kleine, alte Herr seine Freundinnen, die ihn sofort mit munterem Geplausch umringten. Die Lucie tuschelte mit ihm über ihre Schweizerfahrt, der Toni hatte er Grüße ihres Vaters auszurichten, die Annerle klagte ihm, daß sie sich gar nicht recht extra fühle. Darauf erhielt sie unter viel Gekicher ein Pülverchen aus seiner Brusttasche. Für jede der Damen hatte er eine Aufmerksamkeit, seine Taschen schienen unergründlich. Die Uffenbacherin stand mit triumphierender Miene in der Laubentür. So gefiel es ihr. – Sie strahlte nicht nur in einer reinen weißen Schürze, sondern auch im Glanze von Zufriedenheit und Würde, indem sie dem Herrn Geheimrat schilderte, wie sich der Herr Kreisphysikus und der Herr Polizeiinspektor, als sie letzthin zur Besichtigung dagewesen seien, lobend über ihre »Anstalt« ausgesprochen hätten.

»›So findet man's selten‹, habe der Kreisphysikus gesagt, ›in dem Zimmer möchte man ja gleich selbst – Sommerfrische halten.‹ Die Fräulein Cornelie habe so schöne Bukettle auf ihrem Tisch und so arg viel Bücher. Und der Herr Kreisphysikus habe eins von dene große Bücher vom Tisch genomme und 'neingeschaut und ganz reschpektvoll gerufe: ›Alle Wetter –! Gratulier' zu der Lektür'!‹ Und so gemütlich säßen die Dam' jeden Nachmittag in der Laub' und es wär' ein Fried' und ein' Freundschaft unter ihne', daß mer sich's nit besser wünsche könnt'.«

Sie triefte von Anerkennung und Wohlwollen und machte ganz verliebte Augen zu dem Gaste hin, denn sie hatte durchaus nicht die Absicht, dem Herrn Geheimrat den Zins zu zahlen, wenn er etwa deshalb schon so bald wiedergekommen wär'!

Cornelie fühlte sich enttäuscht. Ihre Phantasie hatte sich unter dem »Herrn Geheimrat« einen ernsten Menschenfreund oder einen überlegenen Zyniker, einen alten Feinschmecker des Lebens vorzustellen beliebt. Nun sah sie einen gutmütigen Philister, der mit friedevollem Behagen Curellasches Brustpulver austeilte und wohl nur ein ganz klein wenig perverse Lüste inmitten der dickbauchigen jungen Dinger empfand.

Hatte er etwa das Annerle zuerst in den Garten der Liebe eingeführt? Oder war er ihr illegitimer Herr Papa? Am Ende auch Väterchen der Lucie mit der sehr duldsamen Mama?

Hier war alles nicht so, wie es zu sein schien, und nahm man das Gegenteil von dem, was Dinge, Beziehungen und Menschen zu bedeuten schienen, so wußte man auch wieder nicht, ob man sich nicht auf falscher Fährte befand. Cornelie kam es wie ein grotesker Humor des Schicksals vor, daß sie selbst, die bisher nur im Klaren, Einfachen gelebt hatte, hinfort zu dieser verwirrten, schillernden, zweideutigen Welt gehören sollte.

Und doch – dachte sie jener Mittel, welche die hübsche Lucie so warm gepriesen, wußte sie, daß diese Hilfe für sie niemals in Betracht gekommen wäre. »Mir scheint es Mord«, hatte sie zu Lucie gesagt. »Und gerade an dem einen Geschöpf, das uns vielleicht noch das Glück geben kann, das für uns aufgehoben ist. Darüber wär' ich nie hinweggekommen ...«

»Mord ... Wenn Sie's so fühlen ...« flüsterte Lucie. Sie war während des Gespräches ein wenig blaß geworden. Ihre braunen Augen tauchten mit einem hungrig forschenden Blick in Corneliens graue.

»Freuen Sie sich denn wahrhaftig auf den Wurm?«

»Nein«, antwortete Cornelie ehrlich.

»Da schauen Sie ...«

»Ich warte auf die Zeit, in der ich mich freuen werde«, sagte Cornelie leise ... »Ich denke, der Sieg muß einmal kommen.«

Nach diesem wurden die Mädchen schweigsam und man ging in der Abenddämmerung den gewohnten Wiesenpfad an der Höhe entlang, über dem der Ernte entgegenbleichenden Haferfelde. Die Ferne lag in schwerem trüben Sommerdunst, aus dem bewölkten Himmel fielen warme Tropfen. Zur Seite der schmalen Wegspur wuchs auf hartem Gestengel wilde Zichorie mit hellblauen, duftlosen Blumen, die letzten des bunten Gewimmels, das im Frühling den Rain überschäumte. Gewohnheitsmäßig schritten die Mädchen dort auf und nieder, eine hinter der anderen, die Köpfe gesenkt, die unförmig werdenden Gestalten mit müden Schritten vorwärts geschoben. Corneliens Phantasie sah diese Reihe ins Unermeßliche ausgedehnt – die Köpfe gesenkt – die unförmigen Gestalten müde vorwärts geschoben – so wanderten sie geduldig, aus Dämmerung und Nebel tauchend, im trüben, schweren Sommerdunst der verhüllten Ferne entgegen ...

»Ah – geht – ihr seid's fad!« rief Lucie überlaut und begann zu singen: »Morgen fahr' i mit meinem Schatzerl in die Berge hinein – juvivallera – juvivallera – ein Glücksvögerl bin i, ein Glücksvögerl bleib' i, holdrio-o-o!«

10.

Aus Zürich traf noch eine lustige Ansichtskarte von der Lucie ein. Auch ihr Baron hatte unterschrieben. Dann hörte man geraume Zeit nichts mehr von dem reizenden Persönchen.

Cornelie fragte nicht weiter. Sie hatte, um ihren quälenden Phantasien zu entfliehen, die Gesellschaft der jungen Mädchen aufgesucht. Und solange die Lucie anwesend war, hatte sie sich dem Zauber ihres Wesens nicht entziehen können. Zuweilen war ein Neid in ihr aufgestiegen, vor dieser Fähigkeit, gedankenlos lachend zu genießen. Doch was ging sie im Grunde das leichtsinnige Mädel an? Sie wurde nun aufs neue von Widerwillen erfaßt gegen das verzerrte, verrenkte Abbild der Heiligtümer ihrer eignen Tempel, das sie in ihren Hausgenossinnen beständig vor Augen sah.

Sie fühlte sich in der letzten Zeit körperlich kräftiger, streifte viel in der Gegend umher, schrieb und studierte. Sie lauschte, in traurige Träume versunken, dem mit heftiger Ungeduld sich regenden jungen Leben unter ihrem Herzen. Dieses Seltsame, einen fremden Willen in sich zu tragen, der da mit bestimmter Energie seinen Zielen entgegenstrebt ... Sehr früh hatte sie ihn in sich gespürt – hatte an ihm zuerst erkannt, sie sei zur Mutterschaft erkoren ... Dieses Schauerlich-Heilige, sich nur als ein Gefäß zu fühlen, in dem sich eine neue Zukunft mit tausend Möglichkeiten und Hoffnungen vorbereitet, ergriff sie oft mit staunendem Ahnen über die unergründlichen Quellen alles Werdens.

Und sie begann mit einem leisen Bedauern des Mannes zu denken, der sich all dieses heimlich-tiefen Erlebens, das er hätte mit ihr teilen sollen, beraubte, weil er einen unbestimmten Begriff der Freiheit als ein Schild vor die Bürde der Verantwortung hielt, die seinen geschonten ästhetischen Sinnen allzuschwer und niedrig zu tragen dünkte. In diesem Bedauern zerrann allmählich der krankhafte Abscheu, der sie bisher jedes Erinnern hatte meiden lassen.

Das Ungestüm, mit dem das kleine Geschöpf in ihr sich seiner engen Haft zu erwehren schien, mußte sie schon an den einst so sehr Geliebten, an seine heftige, stürmische Natur gemahnen. Solche Art fühlte sie als etwas dem eignen Wesen völlig Fremdes. Ihre schwersten Kämpfe waren allzeit schweigend und ohne viel äußere Bewegung durchgerungen worden. Jäh und still war sie ihren Weg gegangen, und als der laute Ruhm ihr begegnete, hatte sie anfangs nur erschrocken versucht, ihm zu entweichen. Er hatte sie erobert, nicht sie ihn – so war es wohl gewesen.

Und auch der Mann hatte sie erobert, jäh, ungestüm, mit der Lebenswärme und Jugendkraft, die so strahlend von ihm ausging, daß sie sich ihr in schneller Bezauberung unterwarf.

Schon als ein Mädchen von fünfzehn Jahren dünkte es sie ein wunderliches Rätsel, wie eine Verbindung zwischen zwei Menschen heiliger, reiner und fester werden könne durch die Erfüllung einer äußeren Form, durch Worte, die ein vom Staat oder von der Kirche Bevollmächtigter spricht. Wie so vielen Rätseln, mochten auch diesem praktische Ursachen zugrunde liegen. Was kümmerten diese praktischen Ursachen sie und ihren Geliebten? Ihnen beiden kam es doch nur darauf an, zum Inhalt und Kern der wahrhaftigen Liebesvereinigung durchzudringen. So wenigstens hatte Cornelie gemeint.

Allmählich – in diesen Monaten inneren Schauens – erkannte sie immer tiefer, daß das Wesen der Ehe, mochte sie durch eine Trauung bürgerlich sanktioniert sein oder nicht, im letzten Grunde die Herrschaft und Tyrannei der Frau über den Mann bedeutet. Und hier – auf diesem Punkte hatte ihr die Kraft versagt. So war es immer schon gewesen. Jedesmal wenn ein Mann ihr huldigte, war ein Augenblick gekommen, wo sie hätte um seinen Besitz kämpfen müssen, wo er es gewissermaßen als Liebesbeweis erwartete, daß sie mit listiger oder stürmischer Tyrannei ihr Recht auf ihn geltend machen müsse. Und dann war es, als ob der weibliche Instinkt ihr versagte – lässig, vornehm, degoutiert öffnete sie die Hände, und entließ ihn zurück in die Unabhängigkeit, in die Gleichgültigkeit. So hatte sie früher manchen Bewerber von sich gescheucht.

So hatte sie zuletzt auch auf Rudi Imgart verzichtet. War sie, trotz aller Liebes- und Hingebungsfähigkeit, zur Ehe unbrauchbar?

Gerade der hohe Begriff von menschlicher Freiheit und Selbstverantwortung, den sie in sich entwickelt hatte, und auf den sie stolz war, weil sie fühlte, daß er sie über die Mehrzahl der Frauen stellte, machte es ihr unmöglich, ihr ganzes Wesen in der Herrschbegier der Liebe zu konzentrieren.

Freude an der gegenseitigen Freiheit hatte sie zueinander geführt, ein frohes Schenken und Nehmen hatte ihnen beiden die Liebe bedeutet. – Cornelie war es nur natürlich, als die Stunde der Gefahr kam, von dem Manne, den sie liebte, die feinste Treue, die ritterlichste Hingebung zu erwarten.

Er hatte versagt. – Einen Mann, den sie hätte beherrschen und unter ihren Willen zwingen müssen, der wäre ihr widerlich geworden. Sie hätte ihn nicht haben mögen zum Vater ihres Kindes. Aber noch weniger hätte sie ihn an ihr heiligstes Gefühl für Recht und Unrecht rühren lassen.

Jetzt sah sie um sich her in dem Reden, Denken und Handeln all dieser Mädchen das typische Frauenwesen sich enthüllen – nicht mehr versteckt unter mannigfachen, gesellschaftlichen und konventionellen Masken. Sie sah es sich in seiner ungeschminkten Wahrheit enthüllen, sie sah die schrankenlose Nachsicht und geduldige Güte der Mädchen gegen ihre Liebhaber, die sich doch alle mehr oder weniger feige und erbärmlich benahmen, sie sah aber auch ihr verzweifeltes Hängen an dem bißchen Freude, was sie durch den Mann bekamen, sah, wie alle, mit Ausnahme der armen Toni, deren Geschick in sich selbst eine Ausnahme bildete, sich unaufhörlich demütig, emsig bemühten, die Gunst ihrer Gebieter auf jede nur mögliche Weise, und sei es um den Preis der letzten Selbstachtung, zu bewahren, die Männer festzuhalten, mit zäher, entschlossener, gieriger Kraft, und in ihrem kleinen Reiche, dessen Grenzen ja eng genug gesteckt sein mochten, unbedingt das Zepter zu führen.

Keine von ihnen ließ sich die Kosten ihres Aufenthaltes bei der Uffenbacher von ihrem Liebhaber zahlen – durch Erniedrigungen der bittersten Art, durch Schluchzen und Jammern vor Basen und Onkels, hatten sie es alle erreicht, die jungen Männer von dieser Steuer zu befreien, um nur ja nicht darüber ihrer Neigung verlustig zu gehen. Selbst die Luis, das arme Dienstmädel, das keine Base und keinen Onkel besaß, war erst vier Wochen vor ihrer Zeit gekommen und half bei der Uffenbacher in Küche und Garten, um nur halbes Kostgeld zu zahlen, und ihrem Dienstherrn, einem wohlhabenden und verheirateten Manne, der sie verführt hatte, keine Ungelegenheiten zu machen.

Von der Rose von Ulm aber wurde erzählt, sie habe die ganze Woche kein Obst und kein Süßes gegessen, damit sie dem Herrn Leutnant, wenn er sie Sonntags besuchte, im Gasthof ein warmes Frühstück vorsetzen konnte.

Sie waren es sich gar nicht einmal bewußt, daß sie Opfer brachten – es wäre ihnen nicht eingefallen, daß Männer auch anders sein und handeln könnten. Cornelie würde nicht gewagt haben, sie darüber aufzuklären. Folgten sie doch, unbeirrt von Bildung und Idealen, einfach den Urinstinkten des Weibes, waren also in ihrem Recht.

Cornelie kam sich zwischen ihnen als eine Absonderlichkeit – beinahe als eine Anomalie vor. Sie hatte nie geahnt, daß ihre innere Kultur sie so weit von der allgemeinen Spezies »Weib« entfernte, weil ihre Umgebung ja bisher mehr oder minder auch aus solchen Abweichungen bestanden hatte. Zuweilen war sie sich fast unheimlich.

Unter diesen sie fortwährend umgebenden Einflüssen begann sie langsam – nach und nach – den Vater ihres Kindes milder, gerechter zu beurteilen. Wahrscheinlich hatte sie Zartheiten der Empfindung und des Handelns von ihm erwartet, zu denen er seiner Mannesnatur nach einfach nicht fähig war – zu denen die Art des Mannes sich nur unter dem Drucke bürgerlichen Pflichtenzwanges nötigen läßt.

Gleich einem siebzehnjährigen Backfisch hatte sie gläubig auf »das Wunderbare« geharrt: Seinen frischen Frohsinn hatte sie als Ergänzung ihrer schwerblütigen Grüblernatur mit innerm Jubel geliebt – hatte geträumt, aus einem freudigen Genießer könne ein freudiger Entsager, ein Mann der Tat und des Kampfes hervorgehen. Aber Zeichen und Wunder geschehen nur unter dem Feuerkuß der Leidenschaft –. Auch er wäre wohl im Rausch der Sinne über seine eigne, im Grunde zaghafte Natur hinauszuheben gewesen – immer doch nur für die Augenblicke der Leidenschaft ... Als sie seine schützende Liebe am notwendigsten gebraucht hätte, war ihr versagt, seine Glut zu reizen – sie hätte solches wie eine Entweihung ihrer keimenden Mutterschaft empfunden. Da hätten andere Mächte reden müssen ... Und er wurde blind und taub gegen ihre sanften Stimmen aus Angst vor dem Leben. War möglicherweise die Furcht ein sicherer Instinkt, daß seine Kräfte wirklich nicht ausgereicht hätten ...?

Vielleicht glich seine Begabung jenen Traubensorten, die nur in der Sonne gedeihen, sich zartbehaucht am Rebgelände schaukeln und auch im Sonnenschein genossen werden müssen, wenn sie nicht dürr und trocken werden sollen. Und hatte Cornelie in manchen stolzen Augenblicken die Gewißheit in sich empfunden, daß ihre Schaffenskraft durch Qual und Leiden wie durch eine notwendige Folter gehen mußte, um ihre letzte beste Süßigkeit und Würze herzugeben – durfte sie ihm grollen, weil er so verschieden von ihr selbst, aus dem unbegreiflich reichen Schoß der Mutter Natur hervorgegangen war?

Täglich wurde Cornelie ruhiger, in der Sicherheit, recht gehandelt zu haben, als sie eine Lebensgemeinschaft ablehnte, die dem Manne zum täglichen Opfer geworden wäre. Mit stillem Lächeln nahm der Haß von ihr Abschied. Sie konnte wieder der Stunden denken, da sie beide fröhlich durch Herbstgold und Winterschimmer gewandert waren, an alle traulichen Zwiegespräche über feine, köstliche Dinge, von denen nur sie beide wußten.

Sie stellte sich nun gerne vor, daß das Böse, Grausame, welches in der letzten schweren Zeit an ihm hervorgetreten war, wieder verschwinden mußte. Sie hatte ihm sein besseres Teil gerettet und er blieb die heitere, etwas phantastische Gestalt, der fahrende Geselle, mit den leichten Versen auf den Lippen, dem schnell lodernden Zorn gegen alle dumpfe Alltäglichkeit – mit der glühenden Andacht vor der Schönheit der Welt.

Sie meinte, wenn sie sich recht intensiv der lieben und schönen Seiten seines Wesens erinnere, könne sie ihrem Kinde als ein Erbe alles, was sie an seinem Vater geliebt hatte, übermitteln. Auf diese Weise kam sie dazu, wenn auch nicht mit Sehnsucht oder hingebender Wärme, so doch mit einer Freundlichkeit und einer Art mütterlicher Nachsicht seiner zu denken. Das würde sie noch vor wenigen Wochen nicht für möglich gehalten haben.

Und gerade in dieser Zeit geschah es, daß ein Brief von Rudi Imgart sie auf mancherlei Umwegen erreichte. Er fragte bescheiden, aber inständig nach ihrem Ergehen und bat sie, ihm ihren Aufenthaltsort und die Zeit, da sie ihr Kind erwarte, mitzuteilen. Es war ein Ton in den wenigen Worten, wie in der schüchternen Bitte eines Knaben an seine Mutter, ihm zu verzeihen, und ihm wieder gut zu sein. Das stand wohl nicht ausgesprochen dort auf dem Blatte, aber Cornelie las es zwischen den Zeilen, wie sie immer in seiner Seele zu lesen vermocht hatte. Sie weinte über den Brief und fühlte dabei, wie hoffnungslos kalt es in ihr geworden war. Wäre sie nun in der Gesinnung den kleinen Bewohnerinnen des Tränenhauses ähnlicher gewesen – am Ende hatte sie ihrem Kinde den Vater zu retten vermocht ...

War es nicht noch möglich, wenn sie auch auf ihr letztes Besitztum, ihren letzten Weibesstolz verzichtete? Forderte die Mutterschaft auch dieses härteste Opfer von ihr?

Einmal hatte sie geglaubt, für ihr Kind stolz sein zu müssen – hatte in den ersten Regungen seines jungen Lebens seine Antwort zu spüren gemeint.

Sollte sie geirrt haben? Es überkam sie eine abergläubische Furcht, wenn sie sich nicht bis zum äußersten demütige, könne das Schicksal, oder Gott, oder welche geheimnisvolle Macht über den Menschen walte und Zerknirschung, Selbstentäußerung, Demut erwarte, ihre Schuld an dem Kinde strafen. Der Gedanke verließ sie nicht wieder.

Nach einigen Tagen antwortete sie Rudi Imgart kurz und freundlich, nannte ihren Aufenthaltsort, bat ihn jedoch, ihre Zurückgezogenheit zu achten, und nicht weiter nach ihr zu fragen.

Und wieder nach einer kurzen Zeit schleppten Toni und Annerle mit geschäftiger Wichtigkeit einen Korb, den der Postbote gebracht hatte, in Corneliens Zimmer. Sie begannen sofort an Schnüren und Siegeln zu reißen und sahen dabei neugierig zu Cornelien auf, die zusammengefaßt neben ihnen stand und keine Miene machte, ihre teilnehmende Wißbegier zu befriedigen.

Da erhob sich denn Toni zuerst, warf Annerle einen mahnenden Blick zu, und nachdem sie den Korb bis zum bequemen Öffnen fertig aus seinen Hüllen gelöst hatten, verließen sie beide das Zimmer.

Cornelie wandte sich ab, ging zum Fenster, starrte in die Nesselwildnis, die darunter mit sommerlicher Üppigkeit dunkelgrün emporgeschossen war und dachte, wie weh es tun müsse, wenn man dort mit den Händen hineingreife. Sie verfolgte den Storch, der schwerfällig die großen Flügel schlagend, in der Luft sichtbar wurde, wie er seiner abendlichen Wiesenjagd zusteuerte.

Vom Herzen aus lief ihr ein ziehender Schmerz, den sie lange nicht mehr gespürt hatte, durch die Brust und an den Armen hinunter bis in die Fingerspitzen.

Sie erschrak. So wund war alles noch in ihr?

Dann ging sie und öffnete den Korb. Er war gefüllt mit weißem feinen Linnenzeug, wie ein Kindlein es braucht, wenn es zum Leben kommt. Gleich Flaumgewölk entquoll es ihm, als Cornelie hineingriff und die Gegenstände aus der weichsten Wolle, dem zartesten Gewebe, durch ihre kalten Finger gleiten ließ.

Sie saß auf dem Boden, legte den Kopf an das Weidengeflecht und ihre Tränen fielen auf die Hemdchen und Jäckchen, wie Nachttau aus den Tiefen der Erde quillt. Und so weinte sie ihren letzten Stolz in Schlaf und Traum.

Als sie sich endlich erhob und die kleinen Dinge zu denen, die sie selbst genäht hatte, ordnete, war ihr Gesicht noch von Tränen feucht, doch rosenrot und wie ein nadelfeines, grünes Grasspitzchen streckte eine kleine, wunderlich junge Freude ein Fühlfädchen durch erstorbene Trümmer.

Sie dankte Rudi und bat ihn, ihr Kind lieb zu haben, wenn sie sterben sollte. Aber sie glaubte jetzt nicht mehr so sicher, daß sie sterben würde.

An demselben Abend erhielt Annerle die Nachricht, sie solle ihre mütterliche Freundin, die Frau Bubenberg aus Ilferlingen auf dem Bahnsteig treffen. Frau Bubenberg fuhr zu ihrer Tochter nach Zürich. Und schluchzend erzählte Annerle, als sie heimkam: Ein Telegramm habe sie dorthin gerufen, die Ärzte gäben wenig Hoffnung für das Leben der reizenden Lucie, welche dort in einer Frauenklinik sich einer schweren Operation habe unterziehen müssen. Im besten Fall war eine lange Leidenszeit dem armen Glücksvogel gewiß.

»Der Baron hat's halt gewollt«, murmelte Annerle.

Schweigsam saßen die Mädchen beisammen. Wie Nebelschatten zogen die Erinnerungen der Versuchung durch ihre fröstelnden Herzen.

11.

Frau Uffenbacher hatte ihr Haus nun richtig gefüllt. Von der Dachkammer bis zur Gartenstaffel war jeder Raum ausgenützt. Weil der Toni ihr Papa gesagt hatte, seine Tochter müsse sich in alles fügen, gab ihr die Uffenbacher statt ihres netten Zimmers das feuchte, dunkle der Mari. Für eine »Neue« war ihr Herr selbst gekommen, um zu mieten. Ein ernster, stiller Mann – er hatte die Matratzen untersucht, und wollte nur ein Zimmer mit der Aussicht nach den Schweizerbergen. Noch ehe die »Neue« eintraf, kam ein Liegestuhl mit weichen Kissen, eine Kiste mit Trauben und Pfirsichen, eine zweite mit Weinflaschen und Kognak. Sie war eine große, blonde Person, wie aus dem Rubenssaal des Münchener Museums herabgestiegen. Die schwere Masse von weißem und rosigem Weiberfleisch wälzte sich verdrossen im Liegestuhl, schaute wenig nach den Schweizerbergen und hatte den Kognak schneller als Trauben und Pfirsiche vertilgt. Umgeben von kalten Hühnern, deren abgenagte Knochen sie auf die Zimmerdielen spuckte, von Gänseleberpasteten, deren ausgeleerte Büchsen sich auf dem Scherbenhaufen hinter dem Hause türmten und von unzählbaren Flaschen verschiedener anregender Getränke, führte sie ein verdrießlich-gefräßiges Dasein. Nur zuweilen hörte man ein breites Lachen, mit dem sie die Geschichten zu würzen pflegte, die sie der Uffenbacherin aus ihrer Kellnerinnen-Vergangenheit zu berichten pflegte.

An einem kühlen, windigen Regenabend, der im August, die erste Ahnung des nahenden Herbstes brachte, kehrten dann noch zwei Mädchen in Reformkleidern im Tränenhause ein. Die eine mußte sich sofort zu Bett legen – man bekam sie überhaupt nicht mehr zu sehen. Die Uffenbacherin schlurfte brummend im Haus umher und schimpfte. Man habe sie betrogen, das sei eine ganz böse Geschicht'.

Und wieder durchbebte nächtliches Weinen, Stöhnen und Wimmern die baufälligen Mauern und Dielen der windschiefen Hütte. Obwohl die Hebamme eine Antipathie gegen alle Ärzte besaß, mußte schon in der zweiten Nacht der Dr. Schwärzle geholt werden. Es wurde ihr unheimlich bei dem fortgesetzten Ächzen des halb besinnungslos auf ihrem Lager sich windenden Mädchens.

»Das Herz ischt's. Die hält's nit durch – das Herz ist nit gesund«, sagte die Uffenbacherin bekümmert am anderen Morgen zu Cornelie. Ihre gewaltigen Backentaschen waren bleich und welk geworden vor Angst. »Gott soll mich bewahren – hätt' ich das gewußt, hätt' ich sie gar nit erst eingelasse … Die Schererei mit der Polizei … Uff …«

Sie wollte sie wieder ausquartieren, sie wollte sie nach München zurück schicken, woher sie gekommen waren, die beiden jungen Geschöpfe in Reformkleidern, mit tiefen Künstlerscheiteln, von denen die eine nun so grausam leiden mußte, während die andere Schlanke, Zarte, zuweilen in der Wohnstube unten erschien und nach der Hebamme rief. Bei einer solchen Gelegenheit blieb sie einen Augenblick am Kachelofen stehen, wo man bei dem rauhen Wetter ein Feuer angezündet hatte. Sie versuchte, sich die kalten, vor Angst klappernden Glieder zu wärmen.

»Wie schwer ist es doch, einen Menschen, den man lieb hat, leiden zu sehen und nicht helfen zu können«, sagte Cornelie, die auch durch das Feuer hier gehalten wurde, und blickte das verstörte Mädchen teilnehmend an.

»Schauerlich – schauerlich!« murmelte diese. »Die Frau will uns wieder fort haben – ich soll weiter mit der Unglücklichen«, brach sie laut schreiend aus. »Oh – oh – sieht sie denn nicht, daß das Mädchen stirbt – sie soll sie doch sterben lassen ... ruhig sterben lassen ... Es ist ja doch das beste – das einzige für sie!«

Plötzlich starrte sie zwischen ihren Schmerzensschreien auf Cornelie ... in ihre glühenden dunklen Augen kam ein Erkennen, ihr verweintes Gesicht zuckte, sie hielt die Hände vor sich, als sähe sie eine Erscheinung.

Cornelie wurde rot und biß sich die Lippen. Hier war jemand, der von ihr wußte ...

Das hagere Gesicht lächelte und mit einem Male dem Schmerz entrückt flüsterte das Mädchen in großer Erschütterung:

»Mein Gott – mein Gott – Sie sind doch ... Sie sind ... Cornelie Reimann?«

Cornelie antwortete ihr nur mit den Augen.

»Bitte – bitte nicht ...« stammelte sie abwehrend und zog ihre Hände an sich, weil die andere sie ihr zu küssen versuchte.

»Verzeihen Sie«, schluchzte das bebende Mädchen dazwischen, »es ist zu viel –. Ich bin so aufgewühlt ... Ich bin ja keine Exaltierte ... nur ... Sie ... Sie ...! Wie wir Sie liebten – liebten! meine Freundin und ich – was Sie uns Jungen sind ... ahnen Sie es auch nur? Wie Sie uns alle führen ...«

»Führen –? Hierher?« Cornelie wandte gequält das finstere Gesicht ab.

»Verzeihen Sie mir«, sagte das junge Mädchen sehr sanft, »ich bin taktlos – aber Sie wissen ja alles – auch daß man jeden Takt vergessen kann? Nicht wahr? Und daß von allen Taktlosigkeiten doch diese grenzenlose Verehrung nicht berührt wird ...?«

»Sie lieben Ihre eigene Sehnsucht«, sagte Cornelie mit leiser Ablehnung.

»Wir fühlen in Ihnen die Kraft, nach der wir ringen«, antwortete das Mädchen nun einfacher und klarer. Sie strebte sichtlich vor Corneliens beherrschter Haltung der eigenen überreizten Bewegung Herr zu werden, bis eine neue Erschütterung sich auf ihren nervösen Zügen spiegelte.

»Es ist so unfaßbar, daß Sie hier sind – und eigentlich – wenn man Sie recht begreifen will ... es ist wie ein Wunder und doch so natürlich! – Vielleicht ist es die Rettung! Es könnte meiner armen Freundin ein solcher Trost, eine solche Stärkung sein ... Sie müssen zu ihr ... der Doktor sagt: Das Herz – aber es ist doch nur die Qual dieser Wochen, die das Herz nicht tragen konnte ...«

Cornelies Blick verdunkelte sich, ihr Gesicht wurde kalt, ihre Haltung hochmütig vor innerem Entsetzen.

»Nein – nein – nicht das –. Ich kann nicht die Verantwortung für anderer Schicksal tragen ... Ich will nicht.«

»Sie tragen keine Verantwortung. In diesem Falle gewiß nicht ... Meine Freundin liebte ihren Lehrer ... Ich will ihn nicht nennen. Er ist – Sie kennen ihn gewiß – er ist einer von den Größten in der Kunst. Es ist die ganz alltägliche Geschichte – es wäre so gekommen, auch wenn sie niemals ein Wort von Ihnen gelesen hätte. Er war ja doch das Höchste auf Erden, zu dem sie betete – mehr noch als zu Ihnen – wie sollte sie ihm denn da widerstehen? Nur glaubte sie stärker zu sein, als sie es in Wahrheit ist. Sie wollte ihr Kind haben, und konnte es doch nicht durchführen – sie gestand ihren Eltern alles – die haben sie verstoßen – alle ihre Briefe, alle Telegramme zurückgesandt. Prediger ist ihr Vater – Prediger der christlichen Liebe ...« Sie schüttelte wütend die mageren Hände. In ihren glühenden Augen brannte der Haß der jüdischen Rasse. »Ach – wenn ich den Leuten etwas antun könnte ...«

Cornelie schwieg und senkte den Kopf, als träfe ein Teil dieses Hasses sie selbst.

»Und der Mann?« fragte sie dann leise, hoffnungslos.

Das Mädchen zuckte die Schultern, sie machte eine Bewegung mit der Hand, als schiebe sie etwas hinweg.

»Er war ja viel zu groß – viel zu berühmt, um eine kleine Malschülerin zu seiner Frau zu machen. Sie hat es auch immer gewußt. Mit ihm wäre sie wohl fertig geworden –. Sie war ein stolzes Mädchen. An den Beschimpfungen, mit denen man sie zu Haus zerschlagen hat –

daran zerbricht sie … Gehen Sie zu ihr, Fräulein Reimann … wenn jemand noch helfen kann, sind Sie es.«

Die Freundin begann wieder zu weinen. »Bereiten Sie sie vor«, sagte Cornelie leise. »Und rufen Sie mich dann.«

Das Mädchen ging. Über der unförmigen Nase die glühenden Augen richteten sich von der Tür noch einmal beschwörend auf Cornelie. Die saß auf der schmalen Holzbank, welche nach schwäbischer Bauernsitte rings um die Wand lief; die Hände hatte sie fest gefaltet, so starrte sie wehevoll auf die gescheuerten Dielen. Die Kuckucksuhr schlug eine Viertelstunde nach der andern. Annerle schaute herein und zog sich nach einem Blick auf Corneliens gedankenversunkene Gestalt wieder zurück. Die Hanne kam herein, ließ sich stöhnend auf eine andere Seite der Bank nieder und aß ein Brot mit Wurst.

»Das wird eine schwere Nacht«, begann sie. Cornelie nickte nur mit dem Kopf. Auch die Hanne schwieg. Man hörte ihr Kauen und Schmatzen und das Krachen der Holzscheite im Ofen, das Rieseln des Regens an den kleinen Fensterscheiben.

Dann kam die Freundin, blickte Cornelie liebevoll an und winkte ihr hinaus.

»Es war so schwer, das Weib zu entfernen«, seufzte sie. »Ich glaube, sie hat jetzt weniger Schmerzen. Wäre sie nur nicht so apathisch. Mich ängstigt ihre Gleichgültigkeit.«

Cornelie trat lautlos ein, wandte sich mit leisen, stillen Bewegungen zu dem Bett.

Gleichmäßig kam und ging das röchelnde Ächzen aus der Kranken bläulichen Lippen. Bei jedem Ächzen hoben sich die Hände und Arme wie von einer Maschine bewegt, fielen auf die Decke nieder und hoben sich wieder. Das Antlitz trug eine seltsam silberweiße Farbe mit bläulichen Schatten um die Augen – aber diese Augen sahen niemand mehr. Cornelie stand eine Weile neben der Sterbenden. Sie nahm ein Tuch und wischte ihr zart die von kaltem Schweiß beperlte Stirn, flößte ihr mit Hilfe der Freundin einige Tropfen Flüssigkeit zwischen die zersprungenen Lippen.

»Sie hat doch noch Kraft«, flüsterte die Getreue. »Sehen Sie nur die Händ … Ich glaube sie lächelte, als ich Ihren Namen nannte … Du,

Annelies, Liebe – hörst du mich«, versuchte sie aufs neue, »denke nur, Cornelie Reimann ist hier.«

Cornelie fuhr es wie ein Schlag durchs Herz, als sie ihren Namen nennen hörte.

»Lassen Sie sie ruhen«, flüsterte sie der Unerfahrenen warnend zu. Das Antlitz der Kranken schrumpfte in diesem Augenblick zusammen wie ein dürres Blatt, der bläuliche Mund öffnete sich, der Körper bäumte hoch auf, die Hände rangen in der Luft – Cornelie hielt sie aufrecht, während die Uffenbacherin zur Hilfe herbeigeeilt kam.

In der Nacht, nach einem erneuten furchtbaren Schmerzensanfall, wurde sie erlöst, noch ehe das Kind von ihrer zerstörten Kraft geboren werden konnte.

Die Freundin der jungen Toten benachrichtigte telegraphisch die Eltern und den berühmten Meister von ihrem Ableben.

Annerle, Toni und auch die blasse bescheidene Luis hatten das Lager ihrer erlösten Schwester mit allen Rosen und Reseden, die sie in der unteren Dorfstraße bei den armen Ziehmüttern zusammenbetteln konnten, umkränzt.

So lag die Tote, Rosen auf der Brust und Rosen in den Händen, mit dem schmalen verschlossenen norddeutschen Gesichtchen zwischen den hellbraunen Scheiteln, die der Farbe einer jungen Hindin glichen, als am nächsten Morgen ihr Bruder eintraf, die Leiche heimzuholen.

Ein junger Assessor mit korrekt gestutztem blonden Bärtchen, im korrekten schwarzen Rock, mit demselben verschlossenen Gesichtsausdruck, den die Leiche auf ihrem weißen Lager trug. Die Uffenbacherin führte ihn hinein, wo die Getreue still neben der Toten saß. Er blieb nur wenige Minuten, gab im Flur der Uffenbacherin einige kurze Anweisungen über die Beförderung des Sarges zur Bahnstation und verließ mit demselben festen korrekten Schritt, mit dem er eingetreten war, das Tränenhaus.

Einige Minuten später erschien die Freundin bei Cornelie. Ihre Hände zitterten, ihre Gesichtszüge zuckten im Nervenkrampf.

»Ich kann nicht allein sein«, stieß sie hervor, und die glühenden schwarzen Augen hingen mit einem wunderbaren Blick an Cornelie.

»War es sehr qualvoll?« fragte diese. »Ich sah ihn vom Fenster. Er sah aus wie ein Mensch, der sich beherrschen kann.«

»Ob er das konnte ...« Plötzlich begann das Mädchen hysterisch zu lachen. »Wissen Sie was er sagte, als er die Rosen in Annelies' Händen sah: Von wem sind denn die? Und als ich antwortete: Von uns – da sah er mich an – o ich weiß, er dachte: Dies exaltierte Judenmädel ... Aber er sagte nur: Welche Sentimentalität ... Und dann so ganz geschäftsmäßig: ›Meine Schwester ist bei einem Ausflug in den Bergen abgestürzt. Die Zeitungen werden eine diesbezügliche Nachricht bringen. Wir erwarten von Ihrer Diskretion, daß Sie die Version auch Ihren Bekannten gegenüber aufrecht halten ...‹ – Daß ich ihn nicht ins Gesicht geschlagen habe!«

Cornelie schauderte. Leise nahm sie die Hände des zerwühlten Mädchens, streichelte und liebkoste sie, und diese fiel endlich vor ihr auf die Knie, drückte den schwarzen Krauskopf in ihren Schoß und schluchzte sich Erleichterung.

Der Sarg war auf einem bäuerlichen Leiterwagen zur Station geschafft worden.

Annerle, die mit der Luis und der Toni seinem Verladen in einen Packwagen beigewohnt hatte, war bei der roten Bärbe eingekehrt und stärkte sich dort durch ein Kirschwasser, das sie selbst geschenkt hatte.

Die Uffenbacherin »veschperte« mit der dicken Blonden in der Küche und probierte eine neue Sorte Wein.

Cornelie hatte die Freundin, die aufgeregt und fiebernd durch unnütze Geschäftigkeit die traurigen Dinge noch trauriger machte, endlich am Arm genommen und sie dem letzten unwürdigen Eindruck des auf den Brettern des leeren Erntewagens dahinschaukelnden Sarges entzogen, indem sie sie in ihr Zimmer führte und sie sich aussprechen ließ. Erinnerungen an die Tote – an die gemeinsame Studienzeit in München, Geständnisse eines brennenden Neides, als der angebetete Lehrer sich der Freundin zugeneigt habe – Freundschafts-Aufopferung, welche die eigne Leidenschaft zu betäuben suchte ... Dazwischen Deklamationen über Welt- und Gesellschaftsordnung, junge rasende Empörung über die Eiswände der Konvention, an denen die beiden Sturmgeister sich die heißen Köpfe wund gestoßen hatten ... Begeisterungsausbrüche über neue Rechte des Weibes, Rechte des Menschen, sein Leben zu leben, nicht das der andern ...

Cornelie ließ das Mädchen geduldig all den Jammer ihres in den letzten Tagen so grausam mißhandelten Herzens in blutrünstigen Worten austoben. Sie neidete der jungen Jüdin das konvulsivische Entrüstungs-Pathos – diesen sinnlichen Fanatismus der Wut. Sie selbst fühlte nur immer wieder: Grausame, grausame Natur ... Sie fühlte nur: Weibesschicksal, das durch keine Gesetze, keine Rechte abzuwenden war. Das immer wieder vernichten mußte, so lange Mädchen leben und lieben – so lange Männer Männer bleiben ...

Wie schal, klein und nichtig schienen diesem Ewigen gegenüber alle die phantastischen oder ausgeklügelten Umwälzungsvorschläge, von denen sie in den letzten Wochen gelesen hatte. Sandkörner – in einen Abgrund geblasen.

Aber es mußte ja schön sein, den Glauben daran zu haben ...

Und es war hart, ohne einen solchen Glauben an ein leuchtendes Ziel einen neuen unbekannten Weg zu gehen.

Aber sie konnte sich nicht betrügen mit funkelnden Gedanken und schäumenden Worten, die in sich selbst versanken, wenn die Sonne der Wirklichkeit heiß über ihnen brannte.

Später half sie die wenigen Sachen, welche die Verstorbene im Handköfferchen mit sich geführt hatte, und ihr phantastisches Reformfähnchen zusammenzupacken und an die Eltern zu adressieren. Die Freundin vermochte die Feder nicht in den von einem Nervenzittern befallenen Händen zu führen, als sie Namen und Titel des gehaßten Predigers niederzuschreiben versuchte.

Das Köfferchen hatte auf seinem Grunde auch ein schmales Päckchen Briefe enthalten. Die lagen nun noch auf dem Tische. Die Freundin wurde plötzlich rot, als sie sie zögernd mit der Hand berührte.

»Ins Feuer!« sagte Cornelie bestimmt.

»Ich gönnte es ihm, daß er sie noch einmal lesen müßte – jetzt ...« flüsterte die Jüdin. Ihre Augen funkelten.

»Ins Feuer«, wiederholte Cornelie. Sie nahm die mit blutrotem Seidenband umwundenen weißen Zettel aus den heißen Fingern der anderen, öffnete die Ofentür und hielt ein Zündholz an die Blätter. In wenigen Augenblicken waren sie aus einer hellen Flamme zu einem Häuflein verkohlten Staubes geworden.

Cornelie streifte mit dem Blicke das Gesicht des Mädchens, das gierig atmend, mit dunkel glühenden Augen dem Vorgang gefolgt war.

... Begehrte er dich morgen, der große Meister – du würdest ihm nicht widerstehen, ging es ihr durch den Sinn.

Zum Abendzug brachte sie die Malerin zur Bahn.

Der Fluß rauschte kühl unter den Erlen, ein feuchter Wind wehte stark über das Land, das nach der Ernte leer und weit in der Dämmerung lag. Zarte Nebel zogen Schleiertücher über die kahlen Äcker, auf denen Cornelie das Korn hatte wogen, reifen und fallen sehen. Von den letzten Regentagen war ein herbstlich-herber Hauch in der Luft zurück geblieben.

Wie lange noch? Wie lange –? Würde sie im kommenden Winter den Schnee vor den Fenstern wirbeln sehen …? Tot sein … Wie seltsam, daß man sich vom Nichtsein keine Vorstellung machen kann, solange man sich lebend fühlt …

Cornelies Hand wurde ergriffen, mit einem leisen Mißbehagen duldete sie die Küsse des fiebernden Mädchenmundes auf ihrer Haut.

»Lassen Sie mich bei Ihnen – lassen Sie mich Sie pflegen, Sie lieben …«

»Kind, das ist unmöglich«, antwortete Cornelie ein wenig hart und nüchtern.

»Es würde mich so beglücken. – Ich kann – ich kann es nicht ertragen, Sie mir hier unter diesen Menschen zu denken.«

Cornelie wandte den Kopf zur Seite. Sie war gerührt und empfand doch das Anerbieten als ein unberufenes Eindringen in ihren Lebenskreis, den sie nicht öffnen mochte, am wenigsten für dieses in schwülen Schmerzen aufgelöste Mitgefühl.

»Sorgen Sie nicht um mich. Ich weiß, weshalb ich hier bin und an keinem anderen Orte. Mißverstehen Sie mich nicht – es ist nicht etwa aus Buße oder aus Lust am Martyrium. Nein – ich fühle einfach, daß ich hierher gehöre …«

Sie schwieg eine Weile, denn sie sprach ungern von sich, doch fühlte sie, wie grausam es gewesen sein würde, sich ganz zu verschließen, vor dem so sehr nach Trost lechzenden Geschöpf an ihrer Seite. Und so begann sie wieder, schwer, langsam:

»Anfangs wußte ich wohl selbst nicht, was ich hier sollte ... Wir glauben alle, unser ganz persönliches Leben nach unserm Wollen zu führen, und dabei leben wir doch zugleich mit dem persönlichen noch ein typisches Leben der Zeit, das wir aber nur in seltenen Augenblicken durch die Hülle des persönlichen hindurch erkennen. Das wird nicht von dem individuellen Willen bestimmt, sondern durch Bedingungen, über die wir gar keine Gewalt haben. Darum tun wir wohl so oft Dinge, von denen wir fühlen, wir tun sie aus einem Zwang, der gegen unsere individuelle Natur ist. Das Schicksal hat manche unter uns ausersehen zu Symbolen der Zeit. Wir tragen ihr Brandmal, oder ihre Flammenzunge an der Stirne – wissen nicht, ob das feurige Zeichen Schande oder Ehre bedeutet ... Wer einmal so gezeichnet wurde, der muß sein Los auf sich nehmen und seine letzten Bitterkeiten austrinken. Er wird ahnen, daß nur auf diesem Wege sein Leben reif werden kann, zu einer Frucht am Erntekranz der Zeit. Ich weiß nicht, ob Sie mich verstehen, – so recht kann ich das wohl nur selbst empfinden.«

Die junge Malerin neigte den Kopf. »Meinen Sie damit Gottes Willen tun?« fragte sie zögernd.

»Ich glaube nicht mehr an einen persönlichen Gott«, sagte Cornelie. »Und es war eine Erlösung, als ich diesen Glauben endlich von mir tun konnte. Aber da sind doch unbegreifliche Mächte hinter allem sichtbaren Geschehen. Ahnen wir in seltenen Augenblicken das Gesetz unsres eignen Lebens, müssen wir uns ihm beugen, wenn es auch noch so erschreckend droht. Denn es ist doch das Göttliche. – – – Einmal mußte wohl alles dieses von einer Frau gelitten werden, die es nicht nur dumpf quälend fühlt, sondern die es in Erkenntnis umwandeln wird ... jetzt noch nicht – einmal in der Zukunft ... Das geschieht nur, wenn die Zeit dafür gekommen ist. Ich meine, wenn da draußen viele sind, die warten, daß eine letzte Türe zu einer Erkenntnis ihnen geöffnet wird.

Vielleicht sage ich das heute nur zu Ihnen – vielleicht bin ich nur ein verunglückter Versuch der Natur, den sie braucht, um zu einem bestimmten Punkte vorzudringen. Das weiß ich nicht. Am Ende bin ich zu schwach. Aber dann wird ganz gewiß eine Stärkere kommen.«

Die dunklen Augen des jungen Mädchens sahen über der unförmigen Nase bewundernd zu Cornelie empor.

»Nun glaube ich eher, Sie zu begreifen.«

»Überschätzen Sie mich nicht«, sagte Cornelie mit schmerzverzogenem Munde. »Man ist nichts Einzelnes. Man ist das notwendige Glied einer notwendigen Kette. Noch vor einem Jahr habe ich Unendliches gewollt – jetzt warte ich nur, was mit mir geschehen soll.«

Die Begleiterin lachte plötzlich nervös und leidenschaftlich. »Nein – ich verstehe Sie doch nicht. Cornelie Reimann, die geduldig und schwach ist! Es ist körperliche Müdigkeit – oder Sie erniedrigen sich absichtlich! Was könnten Sie tun – welchen Einfluß könnten Sie haben – stolz wie eine Königin sollten Sie mit Ihrer Mütterlichkeit unter die Menge treten ... damit man endlich einsieht ...«

»Mütterlichkeit als Propagandamittel?« fragte Cornelie. »Das möcht' ich meinem Kindchen doch nicht antun.«

»Wenn Sie spotten, können Sie grausam werden.«

»Verzeihen Sie mir«, sagte Cornelie einfach. »Ich wollte Sie gewiß nicht verletzen ... Nur – sehen Sie, liebes Kind – Geschrei und Kampf und Wut, das zerstört doch nur. Alles natürlich Werdende wächst still und langsam ... Wenn ich hier abends – wie viele Abende – an dem kleinen Flusse entlang gegangen bin, sah ihn so jung, so durchsichtig, daß man jedes Kieselchen auf seinem Grunde unterscheiden konnte – dann stellte ich mir vor, wie er weiterhin wächst und schwillt, von hundert Bächen und Nebenflüssen genährt – wie er, ein brausender Strom, zum Stolz eines gewaltigen Landes wird – wie unter hoch geschwungenen Brücken der Verkehr einer Kaiserstadt in Schiffen und Dampfern auf seinen mächtigen Wogen schwimmt, wie er, durch ungeheure Felsentore brechend, die Welt des Okzidentes mit dem Orient verbindet ... – das kleine, junge, dumme – spielerische Flüßchen hier unter den Erlenbüschen ...«

Sie blieb stehen, ihre Augen blickten, dem Lauf der Plätscherwellen folgend, in die dunkelnde Ferne. »Ich träume oft, wie dieser Fluß geworden ist – solche Macht und Gewalt könnten die Frauen bekommen, wenn sie sich nicht länger um eines Dogmas willen gegenseitig hassen, verachten und verfolgen würden.

Solche Macht und Gewalt könnte der Gedanke der Liebe gewinnen, wenn er die Frauen zu einer Einheit zusammengießen würde – darin alle für eine und eine für alle stehen in jener Zeit, wo die Frau am meisten Weib, am schutzbedürftigsten ist – und wo der Mann seiner Natur nach versagen muß, wo er dem letzten Weibgeheimnis immer fremd und peinvoll betroffen gegenüber stehen wird. – Gott! Gott –! Zur Zeit ihrer werdenden Mutterschaft wütet gegen die Tochter die Mutter – die Schwester gegen die Schwester ... Vor der ewigen Not und dem ewigen Ruhm des Weibes versinkt nicht in jeder Frauen Gefühl das Tagesgesetz der Gesellschaft wie ein ödes ekles Gespenst! Vor diesem ewig Gewaltigen, das eisern das Weib zum Weibe binden sollte, macht es Gemeinschaft mit dem Manne, um im Verein mit ihm die Schwester im Geschlechte zu morden ...

Die Frauen sind keiner Rechte wert ... keiner bürgerlichen und keiner ideellen – so lange sie dieses ihr heiligstes Recht – ihre gewaltigste Pflicht und Macht nicht erfassen wollen!«

Cornelie strömten die Tränen über das zum Himmel erhobene Gesicht.

Ihre Klage klang laut wie ein Schrei über das nächtliche Feld.

Als der Zug schon daherbrauste, nahm Cornelie noch einmal die Hand der jungen Malerin und drückte sie fest. »In Ihnen ist mir das Zusammengehörigkeitsgefühl zum erstenmal entgegengetreten. Das werde ich nicht vergessen. Vielleicht sollen die Töchter Ihres Volkes, die Erinnerung an Schmach und Verfolgung im Blute tragen, auch die ersten sein, in denen die Liebe, die ich meine, sich offenbart!«

»Den Glauben will ich mit hinausnehmen«, flüsterte das Mädchen. »Nun haben Sie mich doch getröstet.«

Ihr Tuch flatterte noch lange, während der Bahnzug sich entfernte.

Cornelie wanderte in der Dunkelheit die Landstraße auf und nieder, immer wieder auf und nieder. Der Wind wogte um sie her, als käme er über ein weites Meer. Sie dachte des Prometheus, der an der Tafel der Götter saß – und dann war er geschmiedet an die Felsen eherner

Notwendigkeiten, und der Geier fraß ihm die Leber aus der lebendigen Brust.

Als die Füße sie nicht mehr trugen und das Grauen der Einsamkeit überwältigend wurde, besann sie sich darauf, daß sie versprochen hatte, Toni und Annerle von der Bärbe abzuholen.

»Ja, wie schauen Sie aus, Fräulein Cornelie!« Bärbe nahm ihre im Frostkrampf gekrümmten Finger und rieb sie sacht zwischen ihren guten, mütterlichen Händen. Mit geschlossenen Augen saß sie bei den andern, hörte ihre gedämpften Stimmen und kehrte so ins Leben zurück.

12.

Die Geschichte der fetten Münchener Kellnerin nahm eine überraschende Wendung. Sie hatte ohne sonderliche Beschwerden einem Knaben das Leben gegeben. Ihr Herr, der stille Mann in altmodischem braunem Rock, war gleich darauf eingetroffen und hatte das Aufgebot beim Schulzen und beim Pfarrer bestellt.

Am zehnten Tage nach seiner Geburt sollte das Büblein getauft werden. Die Hebamme in ihrem besten Staat trug es hinauf zur Kirche, die Wöchnerin neben dem zukünftigen Gatten ging verdrossen hinterdrein.

Der Pfarrer nahm die heilige Handlung, um kein unliebsames Aufsehen zu erregen, in der Sakristei vor, er richtete dann einige mahnende Worte an die Brautleute. Und zwar belobte er den Bräutigam, daß er sich endlich zur Ehe entschließe, da doch nun schon das zweite Kindlein dem Bunde entsprossen sei.

Der stille, ernste Mann machte ihn auf seinen Irrtum aufmerksam, der Pfarrer aber blickte die Braut noch einmal forschend an und sagte: »Ich kannte Sie gleich wieder als Sie herein traten – Sie haben schon ein Kind an dieser Stelle taufen lassen – die Vorgängerin der Frau Uffenbacher trug es. Wir können ja im Kirchenbuch nachschlagen, in welchem Jahr es gewesen ist. – Lebt denn das Kind nicht mehr, daß Sie es so gänzlich vergessen haben?«

Die Braut stand schweigend mit trotzig aufgeworfenen Lippen.

Der stille, ernste Freund aber ließ sie samt der Hebamme allein ins Wirtshaus gehen, wo ein Frühstück bereit stand. Er begleitete den Pfarrer in seine Wohnung, um sich selbst im Kirchenbuche die Bestätigung zu holen. Der weiße Zettel im schwarzen Kasten wurde entfernt. Der Bub kam bei der Fischerin in Pflege. »Später nehm' ich ihn zu mir, ins Geschäft«, sagte der fragliche Vater wehmütig. Er zeigte sich nur noch, um die Rechnung für die Taufe zu begleichen. Es war anzunehmen, daß die Uffenbacherin ihn bei dieser Gelegenheit noch weiter aufklärte. Dann verschwand der stille Mann aus Schopfingen. Cornelie sah ihn die Landstraße hinab zum Bahnhof gehen, eine gestickte Reisetasche trug er in der Hand. Sie blickte lange hinter ihm her, auf den gebeugten traurigen Rücken in dem braunen Rock.

Die fette Blonde kehrte rosenrot blühend mit einem bösen Hohnlachen zu ihrem nächtlichen Schenkinnenamte zurück.

Nach diesem wurde es wieder still und friedlich im Häuschen an der Hügelflanke. Die Birnen vom großen Baum waren geerntet, und die Toni kaute den lieben langen Tag an den harten, grünen Früchten. Über die Stoppelfelder flogen im goldnen Herbstsonnenschein die Fäden des Altweibersommers. Der Storchenvater lehrte seine Brut. Rings um den Kirchturm sah man das unbeholfene Flügelschlagen der jungen Störchlein, die für die Winterreise gewaltig üben mußten.

Wenn Cornelie die schwermütigen und hoffnungslosen Gedanken allzu sehr bedrängen wollten, ging sie die untere Dorfstraße hinab und saß ein Weilchen bei der roten Bärbe, auf der hölzernen Bank, die um die Wand der kleinen Stube lief, wo die Bärbe mit ihrer Mutter und ihren Ziehkindern hauste. Zwar trug die Bärbe den Trauring am Finger, aber eine »Verlassene« war sie auch, und von Ehe und Mutterschaft war ihr nichts geblieben als ein leerer Kinderwagen mit himmelblauen Gardinen, den der Mann ihr in einer großartigen Laune geschenkt hatte, ehe er eines Tages mit andern italienischen Bahnarbeitern von dannen zog und nicht mehr wiederkehrte. Die Bärbe sprach nie von diesen Traurigkeiten. Sie tat alles, was eine Mutter tun kann für ihre Pfleglinge – nur den Wagen, unter dessen blauen Gardinen ihr eigenes totes Kindchen geschlummert hatte, den durfte keines von ihnen benutzen. Er stand, sorglich in ein weißes Laken gehüllt, auf dem Speicher des kleinen Hauses. Das Stübchen unten war immer voll Sonne, das Liesl mit den schönen Füßchen spielte und lachte, und das Agathle, dessen Mutter so bitter gekränkt war, daß es noch immer lebte, krähte jauchzend auf dem Arm der alten Frau mit dem lieben Großmutterlächeln, als warte ein Dasein voll Wonne und Herrlichkeit auf das ausgestoßene, arme, überflüssige Geschöpfchen. Die Nähmaschine klapperte unter den großen kräftigen Händen der Bärbe, die ab und zu gesäumte Stücke Leinenzeug in den Korb neben sich warf, und dabei mit ihrem guten schwäbischen Humor etwas Drolliges zu erzählen wußte.

Hatte Cornelie die stille, gesunde Friedensluft geatmet, die das Heim der zwei Frauen erfüllte, so kehrte sie immer ein wenig froher ins Tränenhaus zurück.

Dem Annerle war meistens »nit recht extra zumut.«

Das letzte Ereignis hatte einen Stachel in ihrer Seele zurückgelassen. Sie hatte es bisher für ganz selbstverständlich gehalten, die Zeit, da sie dem Hansel nicht gefiel, in der langweiligen Abgeschiedenheit zu verbringen. Nachdem sie die zarte Fürsorge des Mannes im braunen Rocke beobachtet hatte, nagte das Bedürfnis an ihr, sich selbst und dem Fräulein Cornelie zu beweisen, daß der Hansel hinter jenem nicht zurückstehe. Als der Herr Geheimrat einmal wieder die Villa Uffenbacher mit seinem Besuche beehrte, weinte das Annerle und erklärte ihm, die Sehnsucht müsse dem Kindle schaden, wenn der Herr Geheimrat es nicht zuwege bringe, daß der Hans sie einmal besuche. Sie wisse wohl, da sei ein reiches Judenmädle, das er längst hätte heiraten sollen, und es käme ihr arg verdächtig vor, daß er sich gar nicht einmal nach ihr umschauen wolle. Versprochen habe er's ihr längst – aber wer niemals Wort hielte, das sei der Hans.

Am folgenden Sonntag kam der Hans. Der Bub vom Weichensteller trug einen Korb mit zwei Flaschen Sekt hinter ihm drein.

Annerle hatte die grauen Filzpantoffeln gegen ein paar allerliebste Schühchen mit hohen Hacken vertauscht, die spitzenumflatterte Matinee, ein Geschenk der Lucie Bubenberg, verhüllte ihre umfängliche kleine Gestalt. Die Stirnlöckchen waren zierlich gekräuselt.

Frau Uffenbacher band die weiße Schürze vor, die sie anzulegen pflegte, wenn ein »Herr« ihrer Anstalt die Ehre seines Besuches verschaffte. Auch die arme Toni putzte sich ein wenig heraus und erwähnte ihre Genugtuung, daß der Besuch des Hans auf den Sonntag falle, an dem der Papa mit dem seinen aussetzte.

Cornelie ließ sich das Essen auf ihr Zimmer bringen und lud die Toni dazu ein. Gegen Abend, während sie, die jetzt oft an großer Schwäche litt, auf dem von den unangenehmen Düften durchzogenen Kanapee ruhte, kam Annerle zu ihr herüber. Heiß und rot war das kleine mollige Mädchen, mit verzaustem Haar und glänzenden Augen. Sie wollte das Fräulein Cornelie recht schön bitten, ob sie nicht nach dem Nachtmahl ein wenig herüberkommen möchte und ein Glas Sekt trinken. Es sei französischer und der Hans sei so begierig, sie kennenzulernen, und so dankbar für die Freundschaft, die das Fräulein Cornelie seinem Mädle bewiesen habe. Und mit dem reichen Judenmädele, daran denke er jetzt gar nimmer. – »Aber wissens«, gestand sie zuletzt kleinlaut zu Corneliens Ohr hinabgeneigt, »im Kopf rumgangen ist ihm die Partie doch – sonst wär' er längst schon einmal hier gewesen! Ach, Fräulein Cornelie – die Mannsleut'! ... wenn man sie nur nit so arg gern hätt'.«

Cornelie ging hinüber in Annerles Zimmer, und sie tranken französischen Sekt aus den Waschtischgläsern, der Hansel, ein hübscher blonder Mann mit lachenden blauen Augen und gesunden weißen Zähnen, und sein Schatz, Hand in Hand auf dem Sofa sitzend, die Toni, welche gleich einen Schwips bekam und fortwährend kicherte, und Cornelie, für die der Hansel die besten seiner salonfähigen Anekdoten hervorsuchte.

Als der Hansel Abschied nahm, denn Frau Uffenbacher hielt auf ihre Reputation im Hause, übernachten durfte niemals ein Herr, und sei er auch Vater oder Bruder zu einem der Fräuleins – mußte Cornelie es sich gestehen, daß sie sich heiter angeregt fühlte und einen fröhlichen Abend verbracht hatte – unbeschadet der Tatsache, daß der Sekt nur aus Waschtischgläsern getrunken worden war. Oder vielleicht gerade deshalb.

Als Annerle endlich ihre Mutterschmerzen leiden mußte, kannte ihr Zorn über eine solche Ungehörigkeit der Natur keine Grenzen. Sie bekamen es alle zu hören, die Natur, das Schicksal – der liebe Gott auch. – Gar dem abwesenden Hansel, dem unmittelbarsten Anstifter dieser Ängste, wurden Kosenamen zuteil, wie er sie sonst nicht von den liebevollen Lippen seines Mädchen zu hören bekam.

Auch mit der Frau Uffenbacher zankte Annerle zwischen Stöhnen und Wimmern wie ein schwäbischer Rohrspatz. Aber wenn die sonst so zornwütige Hebamme im Dienst war, hatte sie sich ganz zur weisen Frau umgewandelt. Mit unerschütterlicher Sanftmut waltete sie ihres Amtes und nahm die seltsamsten Beleidigungen von ihren Fräuleins hin, während sie versicherte: Schimpfen täte den Kindbetterinnen gut und wär' gesünder als Schreien.

Zuhörer mußte das Annerle haben, sonst wäre ja die ganze Geschichte nur der halbe Spaß gewesen. Sie war nicht zufrieden, bis sie nicht abwechselnd alles, was sie in Schopfingen kannte, um ihr Bett versammelt sah. Cornelien und Toni ließ sie schon gar nicht von ihrer Seite, auch die Bärbe und die Fischerin sprachen am späten Abend noch vor und gaben Ratschläge und Meinungen.

Mit sanfter Gewalt brachte Cornelie Toni endlich zu Bett und legte sich ebenfalls nieder. Die Uffenbacherin hatte versichert, es könne Morgen werden, ehe das Ereignis stattfinden möchte. Cornelie versank in Schlaf, die Ohren noch erfüllt von dem Geschrei Annerles, da wurde sie am Arm gefaßt, Toni stand, ein Licht in der zitternden Hand, vor ihrem Bett ...

»Sie hat noch eben geschimpft: Kreuzsakra, jetzt ischt's mir aber zu arg – da war der Bub' da! Kommen Sie nur – er ist herzig –, Annerle sagt, Sie müssen ihn gleich anschauen! –«

Cornelie lief hinüber. Annerle lachte über das ganze von Schweiß betaute Gesicht.

»Einen Buben, gebt mir meinen Buben!« rief sie übermütig wie ein Kind, das glücklich aus dem Dunkel in die helle Stube kommt. »Jetzt bin ich aber stolz! Der Hansel hat mich immer geuzt, ich könnt' nie einen Buben zur Welt bringen – jetzt hat er die Bescherung, der Fratz!«

»Wenn du so weiter fortschwätzt, nachher hascht' morgen ein braves Milchfieber«, sagte die Uffenbacherin unter fürchterlichem Gähnen. »Hier ischt die Klingel – den Buben nehm' ich mit in mei Bett – nun geht schlafen, alle miteinand'.«

13.

Cornelie legte müde und zerschlagen von den Folgen dieser Nacht ihr Manuskript in die Lade ihrer Kommode. Sie gab nun auf, es hier zu beenden, wie sie doch inbrünstig gehofft hatte. Mitten unter den wilden Schmerzen ihrer sterbenden Leidenschaft hatte sie zu arbeiten vermocht – vor den jetzt von allen Seiten auf sie einströmenden Erfahrungen floh jede Konzentrationsmöglichkeit.

In banger Vorfreude war sie am frühen Morgen schon auf und bei dem in der Nacht geborenen Kindchen, das in ein Federbett gewickelt unten im Wohnzimmer still auf der Wandbank schlief. Man hatte den braunen Kachelofen geheizt, es war warm und behaglich unter den niederen Deckenbalken. Behutsam nahm Cornelie das schlummernde Kleine in ihre Arme, es zuckte nur ein weniges in dem netten Gesichtchen, dann schlief es weiter. Sie konnte die rosigen Fingerchen küssen, sie atmete entzückt den feinen Duft, der dem winzigen Körper entströmte.

Und während sie dort saß, mit dem fremden Kinde im Arm und ihr Kleid sich ab und zu leise bewegte unter dem Regen der kleinen Glieder des noch Unsichtbaren, überfiel sie eine Sehnsucht, aus den tiefsten Tiefen ihres Seins emporgerungen und wurde zur Ahnung eines kommenden großen Glückes.

Das Kind stieß ein quäkendes Tönchen aus. Cornelie hüllte es in ihr Tuch und ging die Frau Uffenbacher zu rufen. Die schlurfte kauend herein, sie hatte bei ihrem zweiten Frühstück gesessen. Dem Kleinen wurde ein Löffelchen Tee eingeflößt, und dann kam er wieder auf die Ofenbank.

»Schläft Annerle?« fragte Cornelie.

Die Hebamme sah an Cornelie vorüber. Es war etwas Beunruhigtes in ihrem Gesicht.

»'s ischt ein Herr bei ihr«, flüsterte sie.

»Ein Herr? Der Hans?«

»Nein – ein fremder Herr – schon bald eine Stund'. Mich graust's grad – eine Wöchnerin braucht doch Schlaf! Was Gut's will der nicht ...«

»Aber Frau Uffenbacher – haben Sie denn nicht genug an dem einen Todesfall ...« rief Cornelie erregt, »eine Stunde ist er drin? Nach dieser Nacht! Das darf man doch nicht leiden! Holen Sie ihn wieder heraus – das ist doch Ihre Pflicht.«

Die Uffenbacherin zeigte ein schlaffes Gesicht.

»Wenn er doch sagt, er sei ein Verwandter!«

»Vor Verwandten sollte man die Mädchen hier am meisten schützen. Finden Sie nicht den Mut, ihn hinauszuwerfen, so tue ich's.«

Sie war schon auf der Treppe und lief schnell die schmalen Stufen hinauf. In ihr brannte ein ehrlicher Zorn über die Gefühllosigkeit dieses Unbekannten.

Sie klopfte kurz und trat ein.

Annerle saß aufrecht im Bett, fieberrote Flecke auf den Wangen, ihre Augen glänzten kriegerisch. Vor ihr hatte ein schwerer, älterer Herr mit großer Glatze, in einem eleganten Anzug, Platz genommen und sprach mit leiser Stimme eindringlich zu ihr. Auf dem Tisch lagen Papiere, er hielt einen goldnen Bleistift in der Hand.

»Machen Sie doch keine Weitläufigkeiten«, hörte Cornelie ihn sagen, »unterzeichnen Sie – und alles ist erledigt.«

Er wandte sich bei dem Geräusch, das ihr Eintritt verursachte, nach der Tür und maß Cornelies hohe Erscheinung vom Kopf bis zu den Füßen mit einem einzigen erstaunten Blick.

Sie stand vor ihm und sah auf ihn nieder. Ihr Gesicht war ernst. »Mein Herr – ich muß Sie bitten, dieses Zimmer zu verlassen. Fräulein Anna ist jetzt nicht in dem Zustand, eine so lange Unterhaltung zu führen.«

»Es liegt nur in dem Willen des Fräuleins, die Unterhaltung sofort zu beenden«, sagte der Herr verbindlich, eine plötzliche Verwirrung unter einer höhnischen Selbstsicherheit verbergend.

Annerle lachte hell. »Ich habe Ihnen schon dreimal gesagt, daß ich Ihnen keine Rechenschaft über den Vater meines Kindes schuldig bin! Das sind meine Privatangelegenheiten. Das hat mit meiner Stellung in Ihrem Geschäft nicht das mindeste zu tun!«

Cornelie zog die Brauen zusammen und legte die Hand auf den Tisch. Ihre Augen wurden gebieterisch, sie richtete sie fest auf den Mann vor sich.

»Ich habe leider kein Recht, Sie mit Gewalt entfernen zu lassen«, sagte sie höflich, aber bestimmt. »Ich erinnere Sie nur daran, daß Sie in diesem Augenblick die Verantwortung für zwei Menschenleben tragen! Fräulein Anna hat vor wenigen Stunden ein Kind geboren ... Ich weiß nicht, ob Sie Vater und Gatte sind – aber alt genug sind Sie, um zu wissen, was eine Frau in diesen Stunden zu leiden hat! Sie danach im ersten Schlaf zu stören – sie über eine Stunde lang mit verantwortlichen Geschäften zu peinigen, ist mehr als unüberlegt – es ist eine Roheit – eine raffinierte Grausamkeit.«

Der ältere Herr hörte Cornelie aufmerksam zu. Das unverschämte Lächeln verschwand dabei von seinem Gesicht, es verkroch sich gleichsam unter dem Bart und machte einem demütigen und wollüstigen Dulden Platz. Es war fast, als empfände er die harten Worte der Frau, die so unbegreiflich fremd in dieser zweideutigen Umgebung stand, wie Peitschenhiebe, die ihn entflammten.

Cornelie ahnte plötzlich die unerwartete Wirkung ihrer Worte. Ihr Mund verzog sich im Ekel. Sie wendete den Kopf, trat zu Annerle, glättete ihr das Kissen und bat sie leise, sich niederzulegen.

»Ich wußte in der Tat nicht, daß unsere Unterhaltung schon so lange dauerte«, sagte der Mann sanft, beinahe schmachtend, »glauben Sie mir – ich habe nur das eigne Beste der jungen Dame im Auge – es war mir unbekannt, daß ich zu so ungelegener Stunde komme.«

»Es ist Ihnen gesagt worden«, rief Cornelie hart.

»Nun – ich will Ihnen versprechen, das Fräulein sehr zu schonen. Nur noch wenige Minuten. Es hängt, wie gesagt, nur von des Fräuleins Willen ab ... Wir sind gleich fertig.«

»In einer Viertelstunde bin ich wieder hier«, sagte Cornelie kalt und entfernte sich.

Der Besucher wartete ihren wiederholten Eintritt nicht ab. Er entfernte sich noch vorher. Cornelie begab sich dann zum Annerle.

»Jesses –«, rief die ihr lachend und zornig entgegen, »war das eine Geschicht'! Die Uffenbacherin soll der Teufel holen, daß sie mir den herein läßt! Ich denk' mich rührt der Schlag wie ich aufwach', und er steht an meinem Bett!«

»Annerle, um Gottes willen, Sie fiebern vor Aufregung! Reden Sie nicht ...«

»Ach – jetzt ist's schon alles eins! Der Onkel vom Hans war's! Hat der mich sekkiert! Aber seinen Willen hat er doch nit erreicht!«

»Was wollte er nur?«

»Die Familie hat ihn geschickt. Die Alten! Wegen der reichen Partie. Das hab' ich gleich 'raus gehabt. Geld wollt' er mir bieten – vierzigtausend Mark hat er hier in Wertpapieren vor mich auf den Tisch gelegt – wenn ich schriftlich allen Ansprüchen auf den Hans entsagen wollt. Der hat gewußt, wie's um mich steht – oh, der ist so klug – der hat schon auf der Lauer gelegen, und hat gemeint, heut kriegt er mich am ehesten mürb! Ja – Pfefferkuchen!«

»Annerle – Sie haben widerstanden?«

Annerle lachte pfiffig. »Ich bin nit umsonst in dem seiner Schul' gewesen – all' die Jahr' her im Geschäft! Wissen's, was ich ihm geantwort' hab'? ›Ihr Anerbieten ischt sehr großmütig, Herr Kommerzienrat‹, hab ich gesagt – ›aber ich wüßt' nit, wie ich dazu käm', es anzunehmen. Ihr Herr Neffe ist immer sehr gütig zu mir gewesen, und ich bin ihm dankbar, daß er mir den Urlaub verschafft hat – aber dafür verdien' ich doch nit vierzigtausend Mark –! Ansprüche habe ich überhaupt nit an ihn. Ich weiß halt gar nit, wie Sie darauf kommen, daß er der Vater zu meinem Kind sein soll? Er ist mein Herr Chef, und ich würd' mich so etwas nie unterstanden haben!‹«

»Annerle, Sie sind kostbar«, rief Cornelie lachend. »Hat er sich denn mit dieser Versicherung begnügt?«

»Er mußte schon – ich bin halt dabei blieben, trotz allem seinem Gerede. Wie beim Gericht hat er mich geplagt. Wissen's – mei Hansel sagt alleweil: nur sich nichts beweisen lassen! Wenn ich ihn verraten hätt' – das würd' er mir nimmer verziehen haben.«

Cornelie wurde nachdenklich. »Sind Sie sicher, daß der Hans nichts wußte, von diesem – Anerbieten?« Sie fragte es leise, Annerle lachte froh.

»Ach gehen's, Fräulein Cornelie – wenn man mit einem Mann sechs Jahr in einer guten Ehe gelebt hat – da weiß man wie man miteinander steht! Aber jetzt hätt' ich schon gern eine Bouillon!«

Und Cornelie lief eilig, der Siegerin die wohlverdiente Stärkung zu holen.

14.

Annerles Bübchen war unheimlich brav – es schlief Tag und Nacht, kaum, daß man nach dem Bade sein Quäkstimmchen hörte. Toni entdeckte die Ursache dieser Bravheit und zog Cornelie in ihr Vertrauen. Hinter dem Spiegel in der Schlafkammer der Uffenbacher fanden sie eine Reihe von Fläschchen mit dem braunen Mohnsaft, den die Hebamme den Kindern einzuflößen pflegte, damit ihre nächtliche Ruhe nicht gestört werde. Cornelie zog das Weib zur Rechenschaft, drohte mit Anzeige beim Kreisphysikus und erreichte doch nur, daß sie fühlte, wie der Ingrimm in der Brust des herrschsüchtigen Weibes gegen sie kochte. In ihrer schwersten Stunde würde sie einer erbitterten Feindin preisgegeben sein.

Ein Zufall, wie ihn niemand hätte voraussehen können, führte einen völligen Umschwung in der Gesinnung der Frau Uffenbacher gegen Cornelie herbei.

Es war ein Regentag zu Anfang des Oktober. Cornelie saß in der niederen, vor Hitze glühenden Bauernstube, an deren Ofen die Windeln des Ziehkindes und der nasse Rock der alten Hebamme trockneten und hörte ihr Geschwätz mit den zwei dürren Fräulein Hottinger und dem Annerle über eine ganz erschreckliche Entbindung, die sie einmal erlebt hatte und nun mit allen grausigen Einzelheiten wollüstig beschrieb. Dazwischen hinein quäkte Annerles Bübchen auf dem Arm der hagern Dorfjungfer, die gekommen war, es abzuholen. Das dicke Ziehkind gröhlte am Boden, wo es sich auf einem schmutzigen Federbett wälzte und von der blassen Luis vergeblich durch das Schnarren einer Holzknarre beruhigt werden sollte. Cornelie nähte an einem Kissenbezug für ihr Kleines – oben in ihrem Zimmer konnte sie sich nicht mehr aufhalten, weil der Ofen dort zerfallen und nicht zu heizen war. Und dieselbe Cornelie hatte draußen in der Welt eine Macht errungen, um ihren Einfluß tobte der Kampf der Parteien, eine Macht, die da weiter und weiter wirkte. Ihr Name war ein Kriegsruf geworden, den andere nun schon auf ihre Fahne schrieben, mit dem sie, unabhängig von ihr selbst, freie Bahn und Glück und Erfolg suchten ... Da draußen in einer Welt, die so unendlich ferne lag ...

Wie von einem Märchen las sie in dem großen, englischen Journal, das der Briefträger ihr soeben gebracht: Von ihren Vorfahren – von ihrer Kindheit – las kleine, lustige Geschichten aus ihren Schultagen und feine, geistvolle Worte eines gescheiten Mannes über das Werk ihres Lebens und von dem, was sie der Zukunft schuldig sei ... Sie lächelte in Gedanken versunken ihr stilles Mädchenlächeln. Plötzlich überfiel sie mit jäher Gewalt das Bewußtsein, erreicht zu haben, wonach Tausende von kraftvollen Männern vergebens ringen und kämpfen ...

Es kam wie aus weiter Ferne durch das Rauschen des Regens, vorüber am Stöhnen des Windes ein Ruf zu ihr, wie eine helle Geisterstimme –. Dort draußen lebte sie ja! War denn dies alles um sie her nicht nur ein wirres beängstigendes Traumland? Hinaus – hinaus in das wahre Leben! Zum Kampf – zum Wirken – zu neuen Taten, neuen Siegen! schrie plötzlich jubelnd ihr erwachender Mut.

Ungeduldig warf sie das Nähzeug hin, sprang auf und reckte die Arme. Die niedren Balken drückten auf sie, die übelriechende Glut des Raumes beklemmte sie.

»Ja, Fräulein Cornelie, wollen's denn hinaus bei dem argen Wetter?« fragte die Uffenbacherin erstaunt.

»Nur an die frische Luft«, sagte Cornelie zerstreut. »Der Regen tut mir nichts!«

Als sie heimkam, zog das Annerle sie unter hellem Gelächter in ihr Zimmer und berichtete eine tolle Geschichte.

Cornelie hatte das Haus kaum verlassen, da sprang die Alte hinauf, um das Bett für die Nacht zu richten. Zwei Minuten später winkte sie Annerle und Toni, ihnen in dem grünen Heft das Bild des Fräuleins zu zeigen. Vergebens aber hielt sie die Druckschrift bald nah bald weit vor die Brille, sie konnte doch nichts weiter entziffern, als den Namen »Cornelie Reimann«, der sowohl unter dem Bilde, als auch auf der folgenden Seite immer wieder zwischen dem sonst so unverständlichen Gedruckten auftauchte. Nun sollte Annerle weiter helfen.

»Das wird ihr Herr sein«, riet die findige Hebamme und betrachtete kritisch den neugewählten Londoner Bürgermeister, dessen Bild das Blatt auf derselben Seite brachte, »jung ischt er nit – aber ein feiner Mann!«

Des Annerles Englisch war nicht gar weit her, dennoch buchstabierte sie zuversichtlich an der Unterschrift.

»Lordmajor von London ist er«, sagte sie oben hin.

»Donnerschlag!« rief die Hebamme, »machst mir auch nix weiß?«

Sie buchstabierte nun selbst und fand denselben geheimnisvollen und hochtrabenden Titel heraus. Mit offnem Munde starrte sie auf Corneliens Bett – auf ihren Waschtisch, ihren Kleiderschrank und das tabaksduftige Kanapee.

»Lordmajor von London ...« wiederholte sie erschüttert, und von plötzlicher Gewissensangst befallen. »Lordmajor von London« – und sie hatte dem Fräulein Lunge mit saurer Soß' vorgesetzt – zweimal die Woche ...

Ja – wer das hätt' denken können ...

Das Annerle aber stachelte der Schelm. Sie kauerte sich auf das Kanapee und studierte eifrig an dem Aufsatz, der von der Cornelie Reimann handelte. Und endlich auf das Flehen und Bitten der Alten, ließ sie sich herbei, ihr dessen Inhalt zu übersetzen, obschon er ein großes Geheimnis enthielt.

Cornelie Reimann war die angetraute Gemahlin des Lordmajor von London, und in der goldnen Kutsche mit den vielen Pferden, die alle nickende Federbüsche auf den Köpfen trugen, war das junge Paar nach der Hochzeit im Triumph durch London gefahren. Aber eine nahe Verwandte der alten Königin hatte sollen den Lordmajor heiraten. Deshalb verbannte die Königin Cornelie von ihrem Hof, sie mußte fliehen und sich unter falschem Namen verbergen, sonst hätte die Prinzessin ihr nach dem Leben getrachtet. Endlich habe der Lordmajor die Verzeihung der Königin erhalten, und wenn das Kind geboren sei, dürfe Cornelie an den Hof von England und in die Arme ihres Gatten zurückkehren.

Alles dieses las Annerle aus dem grünen Heft der andächtig lauschenden Hebamme vor.

»Am End' gar kommt der Herr Major selbst, seine Frau Gemahlin zu holen ...« sagte atemlos die Uffenbacherin.

»Lordmajor«, verbesserte Annerle, »das ischt was anders Vornehmes, als ein simpler Herr Major.«

Die alte Schwäbin aber sah in ihrer Phantasie bereits die verschnörkelte goldne Kutsche mit den Pferden, die nickende Federbüsche auf den Köpfen trugen, mit den Dienern hinten und vorn, in den wunderlichen Hüten und Kleidern, die Straße vom Bahnhof herabgefahren kommen, vorüber an den Vorgärtchen der Witwen mit den Kinderwagen – sie sah das Gefährt vor ihrer Anstalt stillestehen – und sie sah sich selbst hineinsteigen, in einem schwarzseidenen Kleide mit einer großen Flügelhaube auf dem Kopfe, wie sie sich die Kindsfrauen in vornehmen Häusern vorstellte – das Neugeborene unter weißen Schleiern auf dem Arme tragend ...

– Das wär ein anderes Pöstle für sie, als hier das Gefrett' mit den ledigen Mädeles, bei dem man nit sein trocknes Brot herausschlagen könnt', erklärte sie dem Annerle und der Toni. Sie war ganz bereit mit nach England zu gehen, und eine Vertrauensstellung bei der Frau Lordmajor einzunehmen – der Herr müsse sich doch auch dankbar erweisen, dafür, daß sie die verlassene Frau in ihrer schweren Zeit bei sich aufgenommen und gehegt und gepflegt habe! Es sei nicht zuviel, wenn er in ihren alten Tagen für sie sorge!

Cornelie fiel es bei diesem sonderbaren Bericht ein, wieviel Schönes, Verwunderliches und Tolles die ausbündige schwäbische Phantasie der deutschen Welt schon geschenkt habe – und sie beschloß, die Hebamme in ihren verworrenen Träumen vorläufig nicht zu stören.

Oh – wie war die zornige, herrschsüchtige und boshaftige Alte nun so demütig und dienstbeflissen!

Dreierlei Knöpfle gab's in die Supp', Zwetschgenkuchen und Zwiebelkuchen wurde abwechselnd gebacken, und es war schier, als wär's im Tränenhaus mit einemmal Kirmes geworden. Fast kam den Fräuleins eine Furcht an, wie es mit dem guten Leben, das sie jetzt führten, einmal schrecklich enden könne.

Auch die arme Toni mußte Cornelie noch durch ihre schwere Stunde geleiten. Sie ging mit dem ächzenden Mädchen im Zimmer auf und nieder – sie hielt sie in den Armen, wenn die Schmerzen sie überfielen, und sie wimmernd durch das Dunkel nach der Mutter rief – mit der angstvollen, verzweifelten Kinderstimme – nach der Mutter, die ihre junge Tochter allein das Furchtbare tragen ließ. Sie waren beide zufrieden, daß die Uffenbacherin fest schlief und Toni wehrte immer wieder ab, wenn Cornelie sie rufen wollte. Endlich mußte es doch geschehen, Corneliens Kräfte waren plötzlich zu Ende. Taumelnd, an den Wänden sich entlang tastend, versuchte sie im Dunkel ihr Zimmer zu erreichen, da klingelte die Alte schon der Hanne und schrie nach Badewasser.

Cornelie hörte durch die Wand das dünne Quäkstimmchen des Neugeborenen.

Toni bat sie am folgenden Morgen, ihre Eltern zu benachrichtigen. Corneliens Augen strömten von Tränen, während ihre Feder über das Papier glitt. Man nannte sie eine Meisterin des Wortes, die an der Menschen Herzen zu rühren verstand – nie noch hatte sie so inbrünstig begehrt, mit dem Worte zu wirken, wie in diesem Brief, in dem sie den fernen Eltern sprach von dem tapferen Ausharren, von dem klaglosen Dulden ihrer Tochter – von der Hochachtung, die sie in allen diesen Monaten vor dem stillen Mädchen bekommen habe – und – sie konnte es nicht lassen – sie mußte die Mutter fragen, ob sie nicht im Geiste empfunden, wie das Kind in seinen Schmerzen so unablässig nach ihr gerufen habe?

15.

Cornelie war früh zu Bett gegangen. Es mochte noch nicht Mitternacht sein, als sie aus dem Schlaf emporfuhr, überfallen von einem jähen Schmerzensanfall, der ihr untrüglich kündete, daß ihre Stunde gekommen sei. Sie erhob sich, warf ihren Schlafrock über und rief die Alte.

Unwirsch, weil man sie geweckt hatte, murrte diese: »Das kommt noch ganz anders und vor morgen Abend wird's einmal nix mit Ihne – deshalb hätten's mich nit im Schlaf zu störe brauche. Halten's nur aus – das müssen wir Weiber alle.«

Cornelie begab sich in ihr Zimmer zurück. Schlafen konnte sie doch nicht mehr, also entzündete sie die Lampe, kleidete sich vollends an, und wenn die Wehen kamen, klammerte sie sich an die Seitenlehne des alten tabaksduftigen Kanapees und zerbiß ihr Taschentuch, um die nebenan schlummernde Toni nicht durch ein Stöhnen zu erschrecken.

Eine Weile erholte sie sich etwas, und vermochte das Hemdchen, das Jäckchen und die Windeln für das Erwartete zu richten.

Plötzlich erinnerte sie sich des Schlafzimmers in ihrem Elternhause, wo die kleinen Geschwister zur Welt gekommen waren – in all dem luxuriösen Behagen, mit dem ihr Vater die Frau, die er liebte, sorgend umgab –, und sie sah auf das alte, schmutzige Kanapee – auf die dürftige, häßliche und zweideutige Umgebung, in der ihr Kind geboren werden sollte. Da nahm sie jedes einzelne Stück der Kleidung, die sie ihm bereitet hatte, und küßte es mit heißen schmerzverzogenen Lippen, als könne sie es dadurch weihen und heiligen. Und dann kam die Angst der Verlassenheit und der Einsamkeit und riß sie nieder, daß sie den Kopf in die Kissen wühlte, daß sie wimmerte wie ein sterbendes Tier, dem auch niemand hilft auf dieser Gotteserde.

Sie hörte unten an der Haustür läuten, sie hörte, daß man die Uffenbacherin ins Dorf zu ihrem Amte rief. Die Schulzenfrau erwartete ebenfalls diese Nacht.

Cornelie hob den Kopf. War es denn möglich, daß die Alte fortging und sie so allein ließ?

Cornelie ging umher, rang die Hände und fühlte doch zugleich eine von Sekunde zu Sekunde sich steigernde Spannung, eine Begierde, sich in dieses grausame Leiden hineinzustürzen – sich ihm ganz hinzugeben, bis zur Vernichtung leiden zu dürfen ...

Zuweilen empfand sie, daß die Oktobernacht kalt war, während ihr der Schweiß von der Stirne rann, erstarrten ihre Hände. Sie hüllte sich in ihr Tuch, griff nach einem Buche – sie mußte versuchen, sich zu zerstreuen. Sie versuchte einige Seiten zu lesen – von irgendeinem Liebespaar, das sich in Florenz an der unsterblichen Kunst ästhetisch ergötzte ...

Mit solchen feinen geistreichen Unterhaltungen hatte einst auch ihre Liebe begonnen, bis das Leben brutal und gewaltig die Ästhetik zerschlug, und ihr nun die Glieder auseinanderriß, um neues Leben zu gebären ...

Ob dies der Tod war, der in ihrem armen Leibe wütete –?

Nun – so würde sie ihm widerstehen!

Sie erhob sich, sie stand in der dunklen Nacht ihm Auge in Auge gegenüber, die Hände geballt, jede Muskel gespannt – jede Kraft der Seele und des Willens hell wach – zum äußersten Kampfe gerichtet ...

Sie wollte ihr Kind nicht allein lassen! Sie wollte es küssen und an ihrem Herzen halten – sie wollte leben – leben – leben!

Und die Qualen stiegen – stiegen – stiegen – bis alles in ihr und um sie nur noch wie eine wirbelnde Hölle war.

Die Uffenbacher war zurückgekehrt, hatte alle wilden Zukunftswünsche vergessen, fragte nicht mehr nach Mittag- und Veschperbrot, stand wie ein Soldat in der Schlacht, tapfer, geduldig und brav.

Ein fremder Mann erschien neben Corneliens Bett, sprach mit dem Dr. Schwärzle und sagte, er werde am Abend wiederkommen.

Am Abend –? würde es da noch nicht vorüber sein? Sie wollte nicht mehr leben – sie flehte nur noch, daß man sie töten möge – daß man doch Barmherzigkeit haben und ein Ende machen möge!

Und dann waren Stunden, wo sie überhaupt nichts mehr von sich und ihrer Umgebung wußte. Plötzlich hörte sie einen Angstruf, der nicht aus ihrem Munde kam: »Herr Doktor, Erbarmen, sie verliert den Verstand ...«

Und eine fremde Stimme sagte: »Jetzt ist es Zeit.«

Etwas wurde über ihr Gesicht gelegt, sie atmete einen süßlichen, fremden Duft – murmelte Zahlen – und sank erlöst in ein tiefes Dunkel, wie in die göttliche Ruhe der Vernichtung.

Nach einer langen Weile tauchten aus dem Dunkel Stimmen auf, die klangen wie hinter vielen schwarzen Schleiern, welche den Schall bis zu einem fernen Murmeln dämpften. Sie hatte die Empfindung, daß sie die Augen öffnen möchte und es doch nicht könnte.

Und aus diesem Dunkel, aus diesem Murmeln und Bewegen um sie her, löste sich eine Stimme, die sagte heller und lauter, dicht an ihrem Ohr: »Es ischt ein Mädele! Fräulein Cornelie, ein Mädele ischt's!«

»Ein Mädele ...?« wiederholte sie lallend zufrieden. Und die Dunkelheit legte sich aufs neue über sie.

Endlich – es mochte eine geraume Zeit vergangen sein, da war es ihr, als spüre sie ein beizendes Brennen an ihren Augenlidern und einen süßen zarten Rosenduft.

Sie atmete ein paarmal – er war immer da, der süße zarte Duft. Und nun schlug sie die Augenlider weit auf und blickte um sich. Sie fühlte keine Schmerzen mehr.

Im Zimmer, an der niedern Decke schwelten graue Rauchwolken, die aus dem zerbrochenen Ofen quollen. Eine Lampe brannte. Der fremde Arzt, ein eleganter Herr in einem langen, schwarzen Rock, befestigte sich die Manschetten mit goldnen Knöpfen. Der kleine Dr. Schwärzle stand mit hochaufgestreiften Hemdärmeln, eine blaue Schürze der Frau Uffenbacher war sonderbar um seinen Hals gebunden, er wusch sich in der Waschschüssel etwas Rotes von den Armen. Und auf den weißen Dielen sah Cornelie einen roten trägen Strom langsam gegen den Ofen zu schleichen. Eine alte Frau mit entzündeten Augen in dem hexenhaften Gesicht tauchte einen Scheuerlappen in den roten Strom und wand ihn dann in einem Eimer aus. Konnte das Blut sein? Ihr eigenes Blut?

Cornelie blickte an sich nieder, reine Linnentücher umhüllten sie, man hatte sie sauber gebettet, auf ihrer Brust lag eine voll erblühte Rose.

Und nun befiel sie ein jäher, fürchterlicher Schrecken.

Dort hinten standen die Uffenbacherin und die rote Bärbe – und weiter sah sie nichts.

In der abendlichen Stille drang ein Ton zu ihr – der energische Schrei eines neuen Lebens ...

Man brachte ihr das Kind – in ein weißes Tuch war es gehüllt; kraftvoll, rot, mit derben Fäustchen, lag es in ihrem Arm und schrie, daß man das Züngelein in dem Mündchen zittern sah.

»Es lebt – es ist gesund«, murmelte Cornelie, noch wie in einem wirren Traume befangen.

»Neun Pfund wiegt's«, rief die alte Hebamme befriedigt. »Alle Achtung. Das hätt' dem Fräulein wohl keins zugetraut.«

»Meinen Glückwunsch«, sagte auch der fremde Arzt. »Der Doktor Schwärzle hat heut' sein Meisterstück vollbracht. Eine Leistung, die unseren ersten Professoren zur Ehre gereichen würde.«

Das rosenrote Kindlein rührte sich in Corneliens Arm, spreizte die Finger, blinzelte mit den Äuglein, machte ein verdrießliches Gesicht und begann zu schlafen.

Cornelie lächelte still in sich hinein. Ein unendlicher Friede war in ihrer Seele.

Zwanzig Jahre hatte die Sehnsucht, immer wach und nimmer müde jede Nacht an ihrem Lager gestanden und mit heißen Händen an ihr Herz gerührt. Zwanzig Jahre hatte dies heilig-glühende Herz sich bezwungen im strengen Tempeldienst der Kunst.

Und nun kam die Erfüllung ...

– – – Unbegreiflich schien es Cornelie, daß Mädchen und Frauen zu Müttern wurden im gegebenen alltäglichen Verlauf der Dinge. Nein: in Trümmer das bisherige Dasein – zerscheitert alle Vergangenheit – verbrannt alle Schiffe – so war es recht – so mußte es sein! So stieg aus den grauen Salzwogen öder Schmerzen das grüne Eiland ihrer Mutterschaft der Geretteten selig empor.

Nicht in die Einsamkeit fliehen! Dort, wo sie früher gelebt und gewirkt, wollte sie mit ihrem Kinde leben und wirken, Zeugnis mußte sie ablegen für sich und die Schwestern, denen sie sich durch unzerreißbare Bande vereint fühlte. Zwingen die Menschen zur Achtung vor selbsterwähltem Lebenslos, zu einer Achtung, die auch den Verfolgten zugut kommen sollte.

16.

Annerle, die einmal wieder für einige Tage bei der Frau Uffenbacher eingekehrt war, weil sie nicht so recht wußte, wo sie sich sonst aufhalten sollte, war im Verein mit der Toni beschäftigt, das Zimmer des Fräulein Cornelie wohnlich herzurichten. Über das tabakduftige Kanapee ergoß Annerle ihr ganzes Veilchenparfüm, so daß eine neue Nuance in der Geruchssymphonie entstand, welche seine zerschlissenen Polster umspielte. Auf Tisch und Kommode prangten rot und blau die letzten Herbstblumen aus den bunten Vorgärtchen der Witwen in der unteren Dorfstraße. Die kleinen Fenster waren weit geöffnet, als sei es mit einem Male wieder Frühling geworden – so linde floß der Sonnenschein ins Zimmer, so warm spielten die Luftwellen um Cornelies Stirne. Noch immer war sie durch den strengen Befehl des Dr. Schwärzle ans Lager gebannt – sie wußte selbst nicht so recht, warum, denn sie fühlte sich frisch und wohl.

Und sie hatte sich auch geschmückt, in einem wunderlichen Stolz und Selbstbewußtsein – sie wollte keinen mitleiderweckenden Eindruck hervorrufen.

»Ha«, rief das Annerle, »jetzt hol' ich aber einen Spiegel, jetzt müssen Sie schauen, Fräulein Cornelie, 's ischt gerad' zum Staunen!«

Cornelie blickte in das Glas und war verblüfft über das in den zartesten Farben schimmernde Gesicht mit den dunkel leuchtenden Augen, das, umrahmt von einem seinen, alten, spitzenbesetzten Schleiertuch, wie ein ihr fremdes, unbegreifliches Bild auf den weißen Kissen ruhte.

Die Mädchen gaben ihr die kleine Gerda in die Arme, Annerle küßte sie hingerissen und flüsterte ihr ins Ohr: »Am End' gibt's doch noch eine Hochzeit!«

Cornelie schüttelte lächelnd den Kopf. Sie war über sich selbst verwundert – wie froh und leicht ihr zu Sinne war. Das schöne Kind an ihrer Brust war ihre Rechtfertigung – ihre Mutterschaft war wie ein goldenes Gitter um sie her.

Rudi Imgart kniete vor ihrem Bett, sein Kopf lag an ihrer Schulter, sie hatte den Arm um seinen Hals gelegt und küßte ihn auf das kurze blonde Haar. Ein Strom von mütterlicher Liebe ergoß sich aus ihrem Herzen, überflutete den Mann, löschte alle Vergangenheit, erlöste sie von jedem Haß, von jeder Kälte …

Sie tauschten leise zarte Worte, wie Menschen tun, die sich hüten müssen, Wunden zu berühren. Aber Cornelie wurde fröhlich und sicher, während sie ihm das Kind zeigte und von ihm zu sprechen begann. Um sie her war es wie draußen in der Natur: ein linder, fast unheimlich süßer, warmer Sonnenschein, eine milde Frühlingsluft – in der man doch den Hauch von welkenden Blumen, von moderndem Laube spürt – den herben Duft des Herbstes.

Es war ein sanftes Staunen zwischen ihnen, daß es so schön war, wieder beisammen zu sein, und ein zitterndes Bangen, daß es ja doch nicht bleiben könne und ein inneres Danken, weil sie sich diese friedvoll goldene Stunde gegenseitig schenken durften.

Und dann wollte er Abschied nehmen.

Ein letzter Schrei der Sehnsucht stieg aus ihrem Herzen: »Bleibe noch bei mir – gehe noch nicht!«

Aber ihre Lippen flüsterten es nur leise und scheu und sie sah auch gleich, daß ein Schatten, eine Unruhe über sein Gesicht flog.

»Sieh' – was soll ich bei dir – du bist noch krank – du kannst mir jetzt nichts sein …«

Ihre Augenlider schlossen sich für die Dauer einer Sekunde.

»Gewiß – du mußt wohl gehen«, sagte sie freundlich.

»Ich werde auch erwartet, du weißt …«

»Ja – ja …«

Er küßte sie sacht. »Du bist mir nicht böse? Später – nicht wahr?«

Sie antwortete nicht, der Blick ihrer Augen ging an ihm vorüber und senkte sich auf das Kind an ihrer Seite.

Cornelie wußte nun, daß sie allein bleiben mußte. Und es war gut so.

Der Frau Uffenbacher zerrann ein lockender Zukunftstraum, als sie den Mann in der Lodenjoppe, den zerbeulten Filz auf dem kurz geschorenen Kopf, mit dem rüstigen Schritte des Wanderers, der nach fernen Zielen strebt, die Straße zum Bahnhof hinabgehen sah. Das war nun und nimmer der Lordmajor von London, und niemals würde sie in der goldenen Kutsche durch die jubelnde Menge fahren.

Aus Rache über die Enttäuschung steckte sie am nächsten Morgen die kleine Gerda mit dem dicken Ziehkind und dem Säugling der Luis in ein Badewasser.

Nach einer Woche rüstete sich Cornelie zur Abreise.

Das Annerle gestand ihr, daß der Hans am Tage von Corneliens Entbindung im Tränenhaus gewesen und ihr Stöhnen gehört habe, die Rose sei von ihm. Nun sei er mit einem Male bereit, dem Annerle eine Filiale einzurichten.

»Und für den Buben macht er's notariell – vierzigtausend Mark, wenn einmal sein Vater gestorben ist«, fügte sie hinzu. »Mei Hansel läßt sich nicht lumpen!«

Die Toni aber hatte von ihren Eltern die Erlaubnis erhalten, Weihnachten heim zu kommen, dann wolle man ihr verzeihen. Cornelie spürte, wieviel tiefer das junge Geschöpf noch im Boden des Elternhauses wurzelte als in der neuen Mutterschaft, die ihr kaum andere als unheimliche Gefühle erwecken konnte.

So sah Cornelie die beiden guten Kinder, die ihr zumeist lieb geworden waren, auf dem Wege zu sicherem, tüchtigen Leben. Cornelie umarmte sie innig, und mit heißen Tränen hingen die Mädchen ihr am Hals, als es zum Scheiden ging.

Einsam war sie gekommen, nun gab eine Schar seltsamer Freunde ihr das Geleit. Die Uffenbacherin, das kleine Fräulein würdevoll auf den Armen tragend, ging mit manchem guten Ratschlag und schier gerührt über die Feierlichkeit dieses Abschiedes an ihrer Seite. Es fehlte nicht die Hanne mit dem Versuchskind, das Annerle, die Toni und die Luis, die rote Barbe, die Cornelie heim begleiten sollte und ihre Freundin, die Fischerin. – Es traten auch der kleine Dr. Schwärzle und seine freundliche Frau mit Blumen und Abschiedgrüßen vor ihre Haustür. Fast wie ein Taufzug anzuschauen wandelte die lange Reihe Leut' die Landstraße zum Bahnhof hinab – die Landstraße, auf der Cornelie im Laufe dieses Sommers so viele Menschen mit so vielen Schicksalen beladen, hatte kommen und gehen sehen; vorüber an den Häuschen der Witwen mit den Vorgärten, darin im blassen Novembersonnenschein die Kinderwagen standen.

Hinter ihr blieb das Tränenhaus, das sich, seines sommerlichen Blütenschmuckes entkleidet, als die armselige, baufällige Hütte, die es in Wirklichkeit war, unter dem knorrigen Gerippe des alten Birnbaumes an die Hügelflanke schmiegte. Cornelie schaute zurück und umfaßte es mit einem langen, zärtlichen Blick.

Hier hatte ihr Glück die Augen zum Lichte geöffnet – hier hatte ihr Kind zum ersten Male gelächelt.

Vor dem Bahnzug stehend, nahm sie das kleine Mädchen aus den Armen der Uffenbacherin entgegen und drückte es mutvoll und freudig an ihr Herz. Liebkosend umfaßte ihre Hand sein festes, rundes Köpfchen, das ihr fast das Leben gekostet hatte, und dabei dachte die Mutter: Gott erhalte dir deinen harten Schädel und einen harten Willen geb' er dir dazu, denn beides kann ein Weib gebrauchen.

Ende